www.ingramcontent.com/pod-product-compliance
Lightning Source LLC
LaVergne TN
LVHW010810051026
849532LV00007B/2497
* 9 7 8 9 3 6 9 0 8 7 8 9 1 *

منتخب اردو افسانے

(حصہ: ۵)

مرتبہ:

سید حیدر آبادی

Muntakhab Urdu Afsane - Part:5 *(Short Stories Anthology)*

by: Syed Hyderabadi

Edition: March '2025

Publisher :

Taemeer Publications LLC (Michigan, USA / Hyderabad, India)

ISBN 978-93-6908-789-1

9 789369 087891

کتاب	:	**منتخب اردو افسانے (حصہ:5)**
ترتیب و تدوین	:	**سید حیدرآبادی**
صنف	:	فکشن
ناشر	:	تعمیر پبلی کیشنز (حیدرآباد، انڈیا)
سالِ اشاعت	:	۲۰۲۵ء
صفحات	:	۱۳۴
سرورق ڈیزائن	:	تعمیر ویب ڈیزائن

فہرست

سوکھی دھرتی

حمید سندھی

مستوں کی کیا بات ہے۔۔۔ پرو کڑی دھوپ میں گھنٹوں گھمیریاں لیتا رہا اور اپنی لمبی قمیض کا دامن اوپر اُٹھا کے جھوم جھوم کر پکارتا رہا

"بھیج مولا، چاندی کا گولا" دے دے مولا، جل تھل کر دے"۔

اللہ کی ذات بڑی ہے، وہ اگر قبول کرنے پر آئے تو کانچ بھی قبول کر لے اور نہیں تو موتی بھی لوٹا دے۔ پرو کے آس پاس اس وقت لوگوں کا ہجوم تھا۔۔۔ لیکن اللہ کی ذات بہت بڑی ہے۔۔۔ دیکھا جائے تو پرو کے پاس نہ تو کانچ تھا، نہ اُس نے کوئی عاجزی کی تھی، نہ اسے احساسِ شرم تھا۔۔۔ ننگے بدن پر لمبا چوغا ڈالے وہ تو صرف گڑگڑا کے عرض ہی کر رہا تھا۔۔۔ اللہ کی ذات تو اور بھی بڑی ہے۔ پرو جیسے مست تو بہت تھے لیکن پرو تو بسنتی مست تھا۔۔۔ پرو کون؟ سب یہی کہتے "بسنتی مست"۔

آج اُس کے لیے آزمائش کی گھڑی تھی۔ لوگوں کا ہجوم، ہر ایک آنکھ اُس پر لگی ہوئی تھی۔ اس کی ہر حرکت پر لوگوں میں ہل چل مچ جاتی۔ اس کے ہر نعرے کے جواب میں نعرہ لگتا:

"بھیج مولا، بھیج مولا، جھل تھل کر دے، جھل تھل کر دے"۔

"جیسا تیرا نام ویسا ہی آسرا" اسی آسرے پر خلقت جمع تھی۔ لوگ پسینہ سے

شرابور تھے، دھوپ سے بدن جل رہے تھے لیکن وہ سب پر اُمید تھے اور سب کی ایک نظر پروپر اور ایک آسمان پر تھی۔۔۔ گو ابھی کہیں بادلوں کی آواز تک نہ تھی، نہ ہی کہیں ابر کا نام و نشان تھا لیکن آسرا رکھنے والے اسی آسرے پر کھڑے تھے کہ رب کی ذات بہت بڑی ہے، برسانے پر آجائے تو ایسی موسلا دھار بارش برسے کہ سارے کے سارے صحن اور آنگن دھل دھل کر پاک ہو جائیں، برکھا سے بہار ہو جائے، پیاسوں کی پیاس بجھ جائے، اس کے کرم پر یہی آس لگائے پیاسے اپنی تشنگی لیے منتظر کھڑے تھے دھرتی سوکھ چکی تھی، برسوں کی خشک سالی نے سبزے کو جلا کر خاک کر ڈالا تھا۔

اسی سوکھی دھرتی پر آج پرو کھڑا تھا، جس سے اُس کا ازلی ناتا تھا۔۔۔ سب گاؤں والوں کو اچھی طرح یاد تھا کہ وہ پرو سے "بسنتی مست" کیسے بنا۔۔۔

پرو کوئی پیدائشی مست نہیں تھا۔ بچپن میں وہ ایسا ہی تھا جیسے عام بچے ہوتے ہیں، ایک غریب ماں باپ کا غریب بیٹا۔ ننگے بدن پر پھٹا ہوا چولا پہنے گلیوں میں لوٹیں کھانا، مٹی سے کھیلنا۔ بچپن کی بے فکری اور مستی کے اس عالم میں اُسے یہ بھی یاد نہ رہا کہ اُس کے ماں باپ مر چکے ہیں۔ وہ ایک چھوٹے سے گھر میں اپنی پھوپھیوں کے پاس، چاچا کی مار کوٹ سہتے سہتے پروان چڑھا۔ اُس وقت پرو کے لیے چچازاد بھائیوں کا ٹولا ایک بڑی نعمت تھا۔ کھیلنا کودنا اور دھما چوکڑی مچانا ہی اس کے بس میں تھا، چھوٹے سے کچے گھر کے کشادہ آنگن میں بچوں کے ساتھ گھمیریاں ڈالتے ہوئے اس کی کیفیت کسی مست سے کم دکھائی نہ دیتی تھی۔

گو کہ اس وقت تک اُس کی ذات کو کوئی اہمیت حاصل نہ تھی لیکن وہ اپنی دلبری کے سلونے انداز پھر بھی دکھاتا رہتا تھا۔ اُس کے ہنستے مسکراتے خوبصورت چہرے سے کسی کو کوئی خاص چاہت نہ تھی۔ وہ تو ایک یتیم بچہ تھا۔ کٹیلی جیسے زرد اور کڑوے پھلوں کی مانند

جن سے صحرا کا دامن بھرا رہتا ہے۔

پرو اس حالت میں بھی خوش تھا۔ اس کی خوشی اس وقت اور بڑھ جاتی تھی جب وہ اپنی چچازاد بہن مومل کو اُنگلی سے پکڑ کر چلانے کی کوشش کرتا۔ وہ جب اپنے چھوٹے چھوٹے نازک پاؤں اُٹھا کر اس کے ساتھ آنگن میں چلتی تو وہ خوشی سے اپنی پھوپھی زیناں کو پکارتا اور کہتا "پھوپھی او پھوپھی۔ دیکھ تو یہ مومل کیسے چلتی ہے، جیسے مورنی"۔۔۔

پھوپھی زیناں، جس نے پرو کو اپنی اولاد کی طرح پالا تھا، برآمدے میں سے جواب دیتی:

"ہاں، ہاں پریل! مومل تو مورنیوں کی رانی ہے"۔ پرو خوش ہو کر مومل کو پیار کرتا اور زور زور سے پکار کر کہتا " چل میری مورنی رانی" پھر وہ پھوپھی کے پاس آ کر کھڑا ہو جاتا۔ پھوپھی زیناں آس پاس دیکھ کر اُس سے کہتی کہ "ارے پریل! یہ تو مورنی ہے، تو کون ہے، پیارا مور" یہ سن کر پرو مومل کو چھوڑ کر اپنے بازوؤں کو پھیلا کر مور کی طرح ناچنا شروع کر دیتا اور ناچتا کودتا ہوا باہر چلا جاتا۔

پرو کی یہ ناچنے کودنے والی کیفیت اُس وقت اور بڑھ جاتی تھی جب گرمی کے دنوں پر ساون کی ٹھنڈک بکھر جاتی تھی۔ برسات کا موسم پرو کے لیے من مستی اور کھل اُٹھنے کا پیغام لے کر آتا۔ وہ برکھا کی پہلی بوند پر گھر سے باہر نکل آتا اور خوشی سے چیخ چیخ کر یہ کہتا:

"بھیج مولا"

اس کے بعد اس کے چچازاد بھائی بھی اُچھلتے کودتے باہر نکل آتے، نعروں کا شعور بپا ہو جاتا "بھیج مولا، چاندی کا گولا" اور کبھی یہ نعرہ لگتا کہ "دیوار پر رسّی، لو بارش برسی" لیکن پرو کا پسندیدہ نعرہ یہ تھا

"دے دے مولا، جل تھل کر دے"

یہ نعرہ لگاتے ہوئے وہ بالکل مست ہو جاتا تھا۔ جب بارش تیز ہو جاتی تو سب بچے دوڑ کر برآمدے میں آجاتے لیکن پرو باہر ہی کھڑا رہتا اس کی رگ رگ میں خوشیاں بھر جاتیں۔ بارش کی بوندوں سے وہ بدن بھگوتا رہتا اور انہی بوندوں کو پیتا بھی رہتا۔ کبھی ہاتھوں میں کیچڑ لے کر اپنے بدن سے ملتا، کبھی منہ پر لگاتا اور کبھی صحن میں بکھرے ہوئے چھوٹے چھوٹے گڑھوں سے پانی پیتا اس کی پھوپھی چیخ چیخ کر اس سے کہتی

"پرو! ارے او پرو! مر جائے گا، اندر آجا"

لیکن اسے بارش کے شور میں شاید کچھ سنائی نہ دیتا۔ ایسے میں اس کا چاچا حقے کی چوبی لے ہاتھوں میں لہرا کر کہتا:

"ارے آتا ہے یا نہیں۔۔۔ ہڈیاں توڑ دوں گا تیری"۔

اب لاچار ہو کر وہ اندر آجاتا۔ اس کی پھوپھی اس کا چولا سوکھنے کے لیے ڈال دیتی اور وہ تہبند باندھ کر برآمدے کے کونے میں دروازے کے پاس کھڑا ہو جاتا اور وہیں منہ بڑھا بڑھا کر گرتی بوندوں کی کوئی دھار پینے لگتا۔

بارش ختم ہوتے ہوئے پرو کے لیے ہرے بھرے میدان سب کمخواب کے فرش بن جاتے۔ وہ ان میدانوں سے ہوتا ہوا رئیس کے باغ میں پہنچ جاتا جہاں وہ خوشی سے چیخ چیخ کر لوٹیں لگاتا یا دوستوں کے ساتھ اٹھکیلیاں کرتا اور پھر گھر لوٹ کر موہل کو ساتھ لے جاتے ہوئے کہتا "میری مورنی رانی، چلے تو ہرے بھرے کمخواب کے فرش پر۔۔۔ ادھر نہ چلے، چلے تو ہرے میدان میں۔۔۔ رانی۔۔۔ باغ میں چلے گی"۔

یکایک چاچی چیخ کر کہتی "موئے! باغ میں مت لے جانا، وہ کوئی تیری طرح چل سکتی ہے۔۔۔؟ تیری ٹانگوں میں تو لوہا بھرا ہوا ہے"۔

"چاچی! مومل بڑی ہو جائے، پھر تو چلے گی"۔

"اچھا اچھا! بڑی تو ہو لے"۔

وہ مومل کے نازک پیروں کو نظروں ہی نظروں میں تولتا رہتا۔ پرو خوش ہو اور مومل پیر نہ اٹھائے یہ کیسے ہو سکتا تھا۔ وہ خوشی کے مارے کھلکاریاں کرتی۔ مومل نے جب پہلی بار صاف بول بولے تو پرو پکار اُٹھا "پھوپھی! مورنی تو بولتی ہے" پھوپھی نے جواب دیا "بولے، سدا بولے، پیارے مور!" اور وہ یہ سُن کر بانہیں پھیلا کر اُچھل اُچھل کرناچنا شروع کر دیتا اور اب تو مومل بھی اس کے ساتھ پاؤں اُٹھا اُٹھا کر ناچتی۔۔۔ مومل ناچے اور پرو خوش ہو!

ایسے ہی وقت گزرتا گیا، نیا موسم آیا، نیا ساون آیا۔ پرو کے وجود میں تو جیسے بجلی کا بسیرا تھا۔ اُسے نہ اسکول کا کوئی خیال رہا، نہ ہی موسم کا کوئی خوف۔ جوں ہی آسمان پر بادلوں کے آثار نظر آئے وہ اسکول سے باہر نکل آیا، کہاں کا پڑھنا کہاں کا لکھنا! پرو تو من مستی اور خوشی کی فضاؤں میں اُڑنے والا ایک پرندہ تھا۔ وہ خشک اور چٹیل میدانوں میں دوڑتا ہوا گھر پہنچا اور باہر ہی سے پکارنے لگا "دے دے مولا، جل تھل کر دے" سب ساتھیوں نے آواز میں آواز ملائی "دے دے مولا، جل تھل کر دے" مومل نے بھی توتلی زبان سے کہا "دیدے مولا، دل تھل کل دے" ایکا ایکی آسمان پر بادل اُمڈ آئے، ابر میں گڑگڑاہٹ ہوئی، بادل گرجنے لگے، بجلیوں کے کڑکنے کا ایک شور بلند ہوا اور دیکھتے ہی دیکھتے بوندوں کی جھڑی لگ گئی۔ برکھا پھوہار کیا برسی پرو پر ایک کیف ساطاری ہو گیا۔ وہ جھوم جھوم کے پکارنے لگا "دے دے مولا، جل تھل کر دے" پلک جھپکتے میں بوندیں تیز ہو گئیں، موسلا دھار بارش شروع ہو گئی، پرنالے بہنے لگے، پرو پر اب بھی مستی اور بے خودی غالب تھی۔ پرو جھوم جھوم کر اُچھل اُچھل کر یہی کہے جائے "مولا دے دے، جل

تھل کر دے"۔۔۔ جوں ہی پرو کے لبوں سے صدائیں بلند ہوئیں فضاؤں میں بجلیاں کوندنے لگیں۔ بادلوں کی گڑگڑاہٹ اور بجلیوں کے کڑکنے کا شور۔۔۔ یوں محسوس ہوتا تھا جیسے آج بادل تہیہ کیے ہوئے ہیں کہ رُکنے کا نام نہ لیں گے۔ پرو مستی میں مست ہوا جا رہا تھا۔ اُس کے ساتھی برآمدے میں جا کر چھپ گئے تھے، مومل بھی اب تو خاموش تھی لیکن پرو کی صداؤں سے صدیوں کے ارمان مٹ گئے تھے۔ ایسی دھواں دھار بارش ہوئی کہ چرند پرند بھی چھپنے لگے۔ انسانوں کی تو حالت ہی ابتر تھی۔ ان کے پورے وجود پر کپکپی طاری تھی۔ کچے مکانوں کی دیواریں بادلوں کی گڑگڑاہٹ ہی سے منہدم ہو گئیں چھتیں کب کی بہہ گئیں۔ گھر والوں پر بدحواسی طاری تھی۔

پھوپھی زینو برآمدے میں کھڑی تھی لیکن اسے پرو کو بلانے کا ہوش نہ تھا۔ وہ تو بدحواسی کے عالم میں بار بار "حسبی اللہ۔۔۔" کا ورد کر کے چاروں طرف پھونکتی جا رہی تھیں۔ چاچی، پھوپھی صفوراں اور ماسی نعمت چھت کے نیچے جگہ جگہ بالٹیاں اور تغاریاں رکھنے اور کچے فرش کو لیپنے پوتنے میں مصروف تھیں۔ چاچا تیشہ ہاتھ میں لیے دیوار کے سوراخوں کو بند کرنے میں لگا ہوا تھا۔ موسلا دھار بارش نے سارے مکان کو چھلنی بنا دیا تھا۔ ایک گھنٹے بارش نے برسوں کی کسر پوری کر دی۔

ماسی نعمت تو بے اختیار ہو کر کہہ اُٹھی "ایسی بارش نہ کبھی دیکھی، نہ سنی" یہ تو قیامت ہے قیامت" اچھا خاصا وقت گزر گیا۔ لیکن بارش رُکنے کا نام نہ لے۔ سب کو یہی محسوس ہو رہا تھا کہ بس اب بادل ایک بار اور گرجیں گے، بجلی ایک بار اور کڑکے گی اور پھر بارش رُک جائے گی لیکن یہ سب خام خیالی ہی تھی۔ اسی اثناء میں چاچا دوڑتا ہوا گھر سے باہر نکلا، پرو ابھی تک باہر برستی بارش میں جوں کا توں کھڑا تھا، اب اُس نے نعرہ لگانا بند کر دیا تھا وہ تو بس اُچھل اُچھل کر بارش کی بوندوں کو پیے جا رہا تھا اور زیرِ لب یہ بھی کہتا

جارہا تھا" واہ میرے مولا واہ، جی خوش کر دیا۔ رنگ ہی رنگ کھلا دیے، واہ میرے مولا"۔

ابھی یہ لفظ پرو کے لبوں پر ہی تھے کہ چاچا نے آکر اُسے گدی سے پکڑا اور یہ کہتا ہوا کھینچ کر گھر میں لے آیا کہ "کتے کے پلے، یہاں ہماری جان پر بنی ہے اور تو خوشیوں سے کھکھلا کر کہے جارہا ہے" مولا دے دے، جل تھل کر دے" اب ٹھہر میں تیری خبر لیتا ہوں، مکان ڈھے جانے کو ہے، چھت بہہ رہی ہے اور تو اب بھی جل تھل کا نعرہ لگا رہا ہے"۔ یہ کہہ کر چاچا نے حقے کی لے چلم سے نکال کر مارنے کے لیے بلند کی اور کہا" بول اب لگائے گا جل تھل کا نعرہ، کیا تیرا باپ آکر یہ سوراخ بند کرے گا؟ کیا تیری ماں آکر لیپا پوتی کرے گی؟ آج تو میں تجھے بالکل نہیں چھوڑوں گا۔۔۔ ارے اور کون کون تھا جس نے یہ نعرہ لگایا تھا۔۔۔؟"

یہ سن کر دوسرے بچے تو سہم گئے اور کونوں کھدروں میں چھپنے لگے، گلو اور شیرل تو چارپائی کے نیچے جا کر چھپ گئے "نکلو باہر، ارے ورد، شموں، یارو اِدھر آؤ سب"۔ جوں جوں لڑکے آتے گئے چاچا حقے کی نے گھما گھما کر انہیں مارتا رہا اور وہ چیختے رہے:

"ارے مارڈالا، چاچا مارڈالا، ارے بابا، ارے اماں مار ڈالا"۔ ادھر بچوں کی چیخیں نکلیں اور اُدھر آسمان میں زور کی گڑ گڑاہٹ ہوئی۔ سب سہم کر چپ ہو گئے۔ ایسے میں دھب سے کسی چیز کے گرنے کی آواز آئی۔ سب نے برآمدے سے باہر دیکھا، باورچی خانے کی چھت گر گئی تھی، ایسے میں سب نے پرو کو چپ چاپ باہر نکلتے ہوئے دیکھا، وہ بیچ آنگن میں جا کر کھڑا ہو گیا اور اپنے چھوٹے چھوٹے ہاتھ بلند کر کے کہنے لگا:

"مولا بس اب ہالار (اندرونِ سندھ ایک پہاڑ کا نام) میں برسا" وہ پھر پکارا "مولا بس اب ہالار میں برسا"۔۔۔ "مولا۔۔۔ مولا۔۔۔ میرے مولا"۔

پرو کی آواز کا اثر تھا یا ایک مست کی پُکار۔۔۔ بارش تھمنے لگی اور تھوڑی ہی دیر میں

بالکل بند ہوگئی۔

پرو اُس وقت تک باہر کھڑا رہا جب تک آسمان پر بادل چھٹ نہ گئے۔ مطلع صاف ہوتے ہی ہر سو اُجالا پھیل گیا۔ سب لوگ باہر نکل آئے پھوپھی زینو پرو کے پاس آکر کھڑی ہوگئی اور اس کے چہرے کو تکنے لگی اور پھر پُکار پُکار کر چاچا سے کہنے لگی کہ:

" بھائی نصیر، یہ لڑکا تو فقیر ہے، مست ملنگ ہے، آئندہ اس پر ہاتھ مت اُٹھانا، کرامت دیکھی اسکی"۔

گھر کے سبھی لوگ پرو کے اِرد گرد جمع ہوگئے۔ وہ سب اُسے اس طرح حیرت سے دیکھ رہے تھے جیسے کوئی نئی چیز دیکھ رہے ہوں۔ چاچا نصیر نے قریب آکر پرو کے سر پر ہاتھ پھیرا اور پھر باورچی خانے کی طرف چلا گیا۔ اب تو مومل بھی اپنے چھوٹے چھوٹے نازک پیر اُٹھاتی ہوئی باہر نکل آئی تھی۔ "پلو۔۔۔ مولا دل تھل نئیں، اب مولئی لانی چلو کھو" پرو اس کو چلاتا ہوا اور یہ کہتا ہوا کہ "میری مورنی رانی چلے" گھر سے باہر نکل آیا۔ اس بار اُس کی چاچی نے کچھ نہیں کہا۔ اُسے مومل کے باہر جانے پر شاید اب کوئی اعتراض نہ تھا۔ پرو سیدھا رئیسوں کے باغ میں جا پہنچا۔ باغ کی خنک فضا اور بھیگی مٹی کی سوندھی سوندھی خوشبو اسے مست کر دینے والے موسم کی طرح محسوس ہوئی۔ پرو بارش سے دھل کر نکھرے ہوئے درختوں اور اُجلی دھرتی کو دیکھتا ہوا وہیں کیچڑ میں بیٹھ گیا۔ پاس ہی مومل کیچڑ سے کھیلنے لگی۔ آج پرو پر سرور و نشاط کی کیفیت طاری تھی، کیوں نہ ہو آج برکھا برسی، ہر سو خوشیاں بکھریں۔

ادھر ماسی نعمت نے برقعہ سر پر ڈالا اور تھوڑی ہی دیر میں گھر گھر یہی ذکر ہونے لگا۔

"پرو تو کوئی صاحبِ کرامت ہے"

یوں پرو کی کرامت کا شہرہ سارے شہر میں ہوگیا۔ نہ جانے کہاں کہاں سے لوگ

آنے لگے۔ سب لوگ چھوٹے مست کا دیدار کرنا چاہتے تھے۔ لوگ آتے، حیرت سے پرو کو دیکھتے اور اپنے حق میں دعائیں منگواتے۔ شروع شروع میں تو پرو بے حد حیران ہوا کہ یہ سب کیا ہے لیکن جب اسے نذر نیاز ملنے لگی، اسکول جانا بند ہوا، مار پیٹ کا سلسلہ بھی ختم ہو گیا تو پرو بے فکری اور بے نیازی سے مست بن کر بیٹھ گیا۔ چاچا نصیر اور پھوپھی زینو کی تو چاندی ہو گئی، آہستہ آہستہ گھر میں رونق پیدا ہو گئی، پرو لوگوں کے سامنے جھوٹی سچی لکیریں کھینچتا اور "حق ہو" کا نعرہ لگاتا۔۔۔ پھر کیا تھا گھر میں ہُن برسنے لگا۔

جوں جوں کرامتیں کامیاب ہوتی گئیں۔ پرو کامیاب مست بنتا گیا۔ کبھی کبھی وہ پھوپھی سے پوچھتا "پھوپھی، مجھے تو کچھ بھی نہیں آتا، میں نے تو قرآن بھی نہیں پڑھا، مجھے تو الف ب بھی پوری نہیں آتی۔۔۔ میں کیسے کرامت والا ہو گیا۔۔۔"

پھوپھی ہُش کہہ کر اسے خاموش کر دیتی اور کہتی۔۔۔

"پیارے مور! کرامت والوں کو باہر کے علم کی ضرورت نہیں ہوتی۔ تیرے پاس تو باطنی علم ہے بیٹا! تو صرف نیک نیتی سے اُلٹی سیدھی لکیریں کھینچتا ہے یا ہاتھ گھماتا ہے یا پانی پھونک کر دیتا ہے یا پانی میں ہاتھ ڈبوتا ہے اور لوگوں کے کام آسان ہو جاتے ہیں۔ اس کے ساتھ ساتھ ہمارا بھی بھلا ہو جاتا ہے"۔

کچھ نہ سمجھتے ہوئے بھی پرو اثبات میں سر ہلاتا رہا۔ وہ جوں جوں بڑا ہوتا گیا، سب باتیں اس کی سمجھ میں آتی گئیں۔ اسے چاچا کی مجبوری بھی سمجھ میں آ گئی، سارے گھر کی بے بسی کا بھی اُسے علم ہو گیا۔ اب اس نے ذہنی طور پر اپنے آپ کو مست سمجھنا شروع کر دیا۔ اب اُن کے گھر میں غربت کا نام و نشان تک نہ تھا، کچا گھر اب پختہ بن چکا تھا گھر میں ایک بیٹھک کا کمرہ بھی بنا دیا گیا تھا اور سب سے بڑی بات تو یہ کہ گھر میں پرو کے لیے ایک علیحدہ کمرہ بھی بن چکا تھا جس کے اوپر خوبصورت سائبان بھی تھا۔ یہ سب کچھ چاچا نصیر کی

نگرانی میں ہوا۔ وہ خود پرانا راج تھا لیکن اب ضعف کی وجہ سے اس کے ہاتھوں میں لرزہ پیدا ہو گیا تھا وہ کیسے چُنائی کا کام کرتا لیکن اب اسے اس کام کی ضرورت بھی کیا تھی۔۔۔ قدرت کے رنگ بھی نرالے ہیں۔ کسی کے ہاتھوں میں شفا تو کسی کے ہاتھوں میں کرامت۔۔۔ ادھر پرو کا ہاتھ اُٹھتا اُدھر سوالی کا سوال پورا ہو جاتا اور اب تو پرو کے ہاتھ خاصے مضبوط ہو چکے تھے، جوانوں والے ہاتھ۔ اُس کی کرامت میں بھی زور پیدا ہو چکا تھا۔۔۔

لیکن اب پرو کے لیے ان کرامتوں میں کوئی دلچسپی نہ تھی۔ اُس کے لیے تو اب سب کچھ مومل تھی۔ وہ مومل جو اب پوری طرح مورنی رانی بن چکی تھی۔ مومل نے اسی کے سامنے اپنی ہر جون بدلی تھی۔ اب وہ ایک خوبصورت لمبے بالوں والی، سرعت سے کھلنے اور بند ہونے والی بڑی بڑی آنکھوں والی خوبصورت رانی تھی۔ پرو جس طرح بچپن سے اُسے رانی کہتا آیا تھا اُسی طرح اب بھی اُسے رانی ہی کہتا تھا۔ مومل کے پیکر کی طرح اُس کی چاہ نے بھی رنگ بدلے تھے۔ اب جب وہ پرو کے پاس بیٹھتی اور پرو اس کا ہاتھ پکڑ کر مٹکے میں ڈالتا تو پانی کی ٹھنڈک اس کی رگ رگ میں سرایت کر جاتی۔ وہ پانی دوسروں کے لیے شفا کا پانی ہوتا لیکن مومل کے لیے تو وہ آبِ حیات تھا۔ وہ ہمیشہ اس ہاتھ کی چاہت کے لیے بے تاب رہتی کہ کب پرو اس کے ہاتھ کو اپنے ہاتھوں میں لے۔ وہ نہ چاہتے ہوئے بھی یہ کہہ اُٹھتی"۔

پرو! میرے ہاتھ میں کون سی شفا ہے جو تو میرا ہاتھ مٹکے میں ڈالتا ہے۔۔۔؟" پرو یہ سن کر اس کی طرف دیکھتا اور مسکرا دیتا۔ پرو اُس دن تو مومل کے بالکل قریب ہو کر بیٹھتا جس دن وہ نہا دھو کر، اُجلے کپڑے، بھیگے بال شانوں پر پھیلائے، اس کا کھانا لے کر لہراتی ہوئی اس کے پاس آتی، پرو روٹی ایک طرف رکھ کے اُسے بانہوں سے پکڑ کر بٹھاتا اور پھر

اس کی آنکھوں میں دیکھتے ہوئے اس کے قریب جاتا اور اس کے بکھرے ہوئے بے گندھے بالوں کو پکڑ کر اپنی ناک سے لگاتا اور بڑے بڑے سانس لیتا اُس وقت وہ بے اختیار ہو کر یہ کہہ اُٹھتا

"میرے رب کی قدرت" مومل بار بار اُس سے اُس کا مطلب پوچھتی اور وہ وہی جواب دیتا۔۔۔ مومل پھر پوچھتی:

"پرو اس میں رب کی کونسی قدرت ہے؟"

رانی تیرے بھیگے بالوں سے وہی خوشبو آتی ہے جو برکھا سے بھیگی ہوئی دھرتی سے اُٹھتی ہے اور جس سے ساری فضا مہک جاتی ہے، کیا یہ خوشبو عطر عنبر سے کم ہے"۔

برکھا رت سے پرو کا ناتا سدا قائم رہا۔ جونہی بسنت کے دن آتے۔ پرو گھر سے باہر نکل آتا، اُس کی یہی صدا ہوتی

"مولا دے دے، جل تھل کر دے"۔

ابھی وہ ایک ہی صدا بلند کرتا کہ دور سے مومل دوڑتی ہوئی آتی اور کہتی "بس پریل !" وہ چپ تو ہو جاتا، لیکن اُٹھ کر ناچنا شروع کر دیتا، بارش سے بدن بھی بھگوتا اور بوندوں کی دھاریں بھی پیتا جاتا، کبھی صحن کے چھوٹے چھوٹے گڑھوں سے پانی کے گھونٹ پیتا، کبھی گیلی مٹی بدن سے ملتا، کبھی اُسی مٹی کا گولا بنا کر سر پر رکھتا۔ وہ گولا پانی سے بہہ جاتا تو دوسرا گولا سر پر رکھ لیتا۔ اچھا خاصا وقت اس سرمستی میں گزر جاتا۔ پھر جب مومل اُسے پکارتی تو وہ دوڑ کر سائبان کے نیچے آجاتا۔ مومل انگوچھے سے اُس کا بدن صاف کرتی اور وہ سکون سے مومل کی اُنگلی میں پڑے ہوئے مٹی کے چھلے کو گھماتا رہتا اور پھر خود ہی کپڑے سے اپنے بدن کو پونچھنے لگتا۔ اس کے بعد مومل چپ چاپ باہر جا کر کھڑی ہو جاتی اور سائبان کی آڑ میں کپڑے بدل کر پرو بھی اُس کے پاس آکر کھڑا ہو جاتا۔ مومل اُس کی

آنکھوں میں دیکھ کر کہتی "پریل تو بسنتی مست کیسے ہو گیا۔ یہ بسنت تجھے کس طرح مست بناتی ہے۔۔۔؟"

پرو مسکرا کر جواب دیتا "رانی! برکھا اور دھرتی کا آپس میں ازلی رشتہ ہے، ہم اس دھرتی کے چھوٹے مالک ہیں۔ اگر ہم بھی مست نہ ہوں گے تو پھر کون ہو گا؟ کیا یہ برکھا تجھے مست نہیں کرتی؟ کیا ان بوندوں کی جھڑی اور بسنت رُت میں تجھے کچھ بھی محسوس نہیں ہوتا"۔

مومل یہ فقرہ سن کر گویا کھینچتی ہوئی اُس کے پاس چلی آتی اور پھر سامنے برآمدے پر نظر ڈال کر ایک دم پیچھے ہٹ جاتی۔ وہ صرف اتنا کہہ پاتی "پرو مجھے کچھ پتہ نہیں" یہ کہہ کر وہ چادر کے پلو کو دانتوں میں دباتی اور اُنگلی میں پڑے ہوئے اسی مٹی کے چھلے کو گھمانے لگتی جس میں اُس کی جان تھی۔ پرو ایک دم اس کا ہاتھ پکڑ کر کہتا۔ "اس چھلے کو میں گھماؤں گا۔ لیکن یہ کیا؟۔۔۔ یہ گھومتا تو ہے لیکن مشکل سے۔۔۔ خیر کبھی تو یہ میرے بس میں آئے گا"۔

مومل مسکرا کر کہتی "کیا ابھی یہ تیرے بس میں نہیں۔ اب بھی تو تیرا ہی ہے"۔

"نہیں رانی! جب میں سہرا باندھ کے، ہاتھوں کو لال کر کے، تیرے حنائی ہاتھوں میں ڈال کر اس چھلے کو اپنا مقدر سمجھ کے گھماؤں گا تب۔۔۔ دیکھیں نصیب"۔۔۔

مومل شرما کر چھپر کے کونے میں چلی جاتی، اس کی سانسوں میں تموج پیدا ہو جاتا۔ ایسے میں پرو اُس کے قریب جاتا تو وہ ہاتھ بڑھا کر کہتی:

"پرو اس چھلے کو گھمائے جا، خدا جانے کیوں شادی کا مجھے یقین نہیں، ویسے بھی پرو! شادی محبت کی معراج تو نہیں"۔

ایک سیدھی سادی، سادہ لوح لڑکی کے منہ سے یہ الفاظ سن کر پرو چونک جاتا اور

بات ٹالنے کے لیے یہ کہتا "مومل ! تو بھی کسی سے کم ہے، بالکل مست ہے، مجھ سے بھی زیادہ۔۔۔ تجھ میں بڑی خوبیاں ہیں، لیکن رانی! جب تو سمجھداری کی باتیں کرتی ہے تو بس ہم جیسوں سے بھی بڑی مست بن جاتی ہے"

اور پھر دونوں کھکھلا کر ہنس دیتے۔ پھوپھی زینو جو قبر میں پاؤں لٹکائے بیٹھی تھی، سامنے برآمدے سے یہ سارا نظارہ دیکھتی رہتی۔ اس کی بینائی اب بھی بہت اچھی تھی لیکن اس کے بھائی چاچا نصیر کو تو کچھ بھی سجھائی نہیں دیتا تھا۔ پھوپھی زینو، پرو اور مومل کو دیکھتے دیکھتے سر ہلا کر اپنے بھائی سے کہتی "بھائی! وہ جوڑا دیکھ رہا ہے؟"۔۔۔

"کیسا جوڑا؟ پرندوں کا۔۔۔؟"

"برسات میں ابھی پرندے ہوں گے کیا۔۔۔؟"

یہ کہہ کر کچھ دیر پھوپھی زینو خاموش رہتی اور پھر بھائی سے کہتی "بھائی! پریل کا خیال رکھنا"۔۔۔

تجھے بھی رہ رہ کے خیال آتے ہیں۔ اللہ کرے سب خوش و خرم رہیں۔ تو اس وقت مجھ سے پرو کا خیال رکھنے کی بات کیوں کر رہی ہے؟"

"بھائی! مومل کو پریل سے جدا مت کرنا، ورنہ سب کچھ ختم ہو جائے گا۔۔۔ میں پھر کہتی ہوں کہ یہ دونوں بنے ہی ایک دوسرے کے لیے"۔۔۔ یہ کہتے کہتے اُسے کھانسی اُٹھتی اور وہ ناتوانی سے بستر پر گر جاتی، چاچا نصیر اُسے چادر اُڑھا کر سُلاتے ہوئے کہتا "پگلی، فکر کیوں کرتی ہے؟ گھر ہی کی تو بات ہے، کہیں دُور تو جانا نہیں۔ کسی دن بیاہ کر دونوں کو ملا دیں گے"۔ یہ کہتے ہوئے وہ مسکرا دیتا اور یوں بہن کی دلداری کرتا لیکن دور کھڑی ہوئی ماسی نعمت یہ ساری باتیں سن کر منہ بگاڑ لیتی اور ناک بھوں چڑھا کر آہستہ آہستہ یوں بدبداتی، اللہ کرے گا، میرا شیرل بس روزگار سے لگ جائے، پھر دیکھنا میں کس طرح اپنا

بیڑا پار لگاتی ہوں"۔

ماسی نعمت کے بیڑے کو واقعی کوئی موافق ہوا کا سہارا مل گیا جو پھوپھی زینو اللہ کو پیاری ہو گئیں، چاچا نصیر یہ صدمہ نہ سہہ سکا۔ پیاری بہن کے صدمے نے بھائی کو بھی اُٹھالیا۔ دونوں بھائی بہن بڑے جی جان سے جیے لیکن زندگی کا کیا بھروسہ۔۔۔سب کچھ اللہ کے ہاتھ میں ہے۔ چاہے تو زندگی دے اور چاہے تو پتہ پتہ بکھیر دے۔

پروکو آج تک کسی نے اس طرح روتے ہوئے نہیں دیکھا تھا۔ اس کی آنکھیں اتنی برسیں کہ مومل بھی شدت سے رو پڑی۔ وہ اتنا روئی کہ بات بات پر اس کی ہچکی بندھنے لگی۔ مومل کی یہ حالت دیکھ کر پرو نے اپنے آنسو روک لیے ورنہ آج تو شاید وہ آسمان کو بھی رُلا دیتا۔۔۔ لیکن اُس دن پرو کا دل پاش پاش ہو گیا جب ایک دن مومل اس کے پاس نہ آئی۔ دوپہر کی روٹی بھی ماسی نعمت لے کر آئی تو وہ غصے سے پوچھ بیٹھا "مومل کہاں ہے؟"

"مومل کیا تیری زر خرید باندی ہے جو ہر وقت تیری روٹی لے کر آئے اور تیری خاطر داریکرے"۔

"ماسی! مستوں کو مت چھیڑ"۔ پرو نے چیخ کر کہا، اس کی آنکھیں سرخ ہو گئیں۔

"یہ آنکھیں کسی اور کو دکھا، یہ بسنتی مست تو دوسروں کے لیے ہو گا، میں خوب جانتی ہوں کہ تو کیسا مست فقیر ہے، مجھ سے زیادہ بکواس کی تو ابھی بُرقعہ اُٹھاؤں گی اور جس طرح محلے محلے جا کر تجھے مست بنایا ہے اسی طرح اب تیری ساری مستی نکال باہر کروں گی"۔

"پرو نے ایک دم روٹیوں کو پھینک دیا" نکل جا یہاں سے"۔

"جا رہی ہوں لیکن یہ بات یاد رکھنا کہ مومل اب شیرل کے نام ہو چکی ہے تو نے اب

اگر اُس کا نام بھی لیا تو مجھ سے بُرا کوئی نہ ہو گا"۔

پرو حیران ہو کر اُس کے منہ کو تکنے لگا۔۔۔ کچھ دیر تو وہ خاموش رہا لیکن پھر جیسے اُسے جلال سا آگیا، اُس نے سامان اُٹھا اُٹھا کر پھینکنا شروع کر دیا۔ مستوں کی طرح وہ مست ہو گیا اور زور زور سے چیخا کہ ماسی نعمت خوف زدہ ہو کر باہر بھاگ گئی۔ پرو آسمان کی طرف دیکھ کر زور زور سے پکارنے لگا۔

"مولا! کہاں ہے؟" "میرے مولا تو کہاں ہے؟" یہ کہتا ہوا وہ جھنجھلاہٹ میں باہر نکل آیا۔ آنگن میں آکر وہ اِدھر اُدھر دوڑنے لگا "مولا دے دے، جل تھل کر دے"۔

ہلکی ہلکی خنکی کے دن تھے۔ سب برآمدے میں نکل آئے۔ ماسی نعمت ایک کونے میں جا کر کھڑی ہو گئی۔ پرو کی چاچی نے آگے بڑھ کر ماسی سے پوچھا "ماسی یہ کیا کیا؟"۔۔۔

"میں نے نگوڑے کو کیا کیا، میں نے صرف یہ کہا تھا کہ میری مومل کا نام نہ لینا"۔

"ماسی تجھے پہلے ہی منع کیا تھا کہ ابھی یہ بات نہ کرنا لیکن تیرے پیٹ میں بات کہاں ٹھہرتی ہے، اُدھر لڑکی کو بھی بند کر دیا ہے جو مارے کرب کے روئے جا رہی ہے اور اِدھر یہ طوفان برپا کر دیا"۔

"طوفان کیسا؟" بھلا بلکتا رہے، بلک بلک کر خود ہی چپ ہو جائے گا، چلا ہے جل تھل کرانے، یہ کوئی برسات کا موسم ہے جو ابھی آسمان برسنے لگے گا"۔

پرو نے چیختے چیختے تھوڑی دیر کے لیے دم لیا اور آسمان کی طرف دیکھا۔ لیکن وہاں کچھ بھی نہیں تھا۔ اچانک اس کے کانوں میں گونج سی سنائی دی۔ یہ آواز بیچ والے کمرے کی حدوں اور برآمدے کو پار کر کے اُسے مست کر گئی۔ "پرو، پرو"۔

"پرو کو ایسا محسوس ہوا جیسے چھوٹی مورنی کُوکتی ہوئی اُسے پکار رہی ہو۔ اس کے ہاتھ بے ساختہ اوپر اُٹھ گئے اور پھر وہ ہاتھوں کو پروں کی طرح ہلا کر گھمیریاں لیتا ہوا سیدھا بیچ

والے کمرے تک جا پہنچا۔ دروازے پر تالا لگا ہوا تھا لیکن اندر سے یہی آواز آ رہی تھی "پرو، پرو" اس نے زور سے تالے کو کھینچا، لیکن کھلا نہیں۔ اُس نے مستی میں دروازے کو ایک ٹکرے ماری، دوسری ٹکر ماری۔۔۔ اس کے لہولہان چہرے پر مستی اور بے خودی کے آثار نمایاں تھے وہ اب صرف یہی کہے جا رہا تھا کہ:

"میرے مولا! کہاں ہے، دیکھ رہا ہے، اب بھی یہی کہتا ہے کہ نہیں بس مولا، اب جل تھل کر دے، باغ و بہار کر دے۔۔۔"

وہ خون بہاتا رہا، ٹکریں مارتا رہا لیکن کوئی بھی ڈر کے مارے اس کے قریب نہیں گیا۔ کسی نے شیرل کو آگے بڑھنے کے لیے ٹھوکا دیا لیکن وہ اپنی جگہ پر جما رہا اس کے چچیرے بھائی دور کھڑے تھے۔ پرو خون بہاتے بہاتے زمین پر گر گیا، اسے اب ایسا محسوس ہوا جیسے کمرے کے اندر بھی کوئی ٹکریں مار رہا ہے۔ اُس نے اُٹھنے کی کوشش کی لیکن اُٹھ نہ سکا۔ اس کے خون کی بوندیں دھرتی میں جذب ہوتی گئیں۔ اب تو مانو لہو کی برکھا برس رہی تھی کہ ایسے میں یکایک آسمان سے گڑگڑاہٹ کی آواز آئی، بجلیاں چمکنے لگیں۔ سب لوگ باہر بھاگے۔ کالی گھٹاؤں کی تیرگی سارے آسمان پر چھاگئی۔ ایک تو بادلوں کی گرج اور دوسرے بجلی کی کڑک، چار سو اندھیرا پھیل گیا۔ بجلی کی کڑک اور چمک نے دلوں کو ہلا دیا۔ دیکھتے ہی دیکھتے بڑی بڑی بوندیں برسنے لگیں اور بارش بھی ایسی بارش کہ بس آسمان سے چھاجوں پانی برسنے لگا۔ لگتا تھا جیسے کوئی چھاج بھر بھر کے پانی پھینک رہا ہو۔ پرو کی چاچی نے اپنے حواس یکجا کیے اور اُلٹے پیروں لوٹتے ہوئے پرو کو پھلانگ کر دروازے کا تالا کھولا۔ پرو تو بے ہوش پڑا تھا۔ دروازہ کھلتے ہی چاچی جیسے بجھ سی گئی۔ مومل نے بھی دروازے کو ٹکریں مار مار کر خود کو لہولہان کر دیا تھا۔ چاچی نے چیخ مار کر سب کو پُکارا۔

"ارے ماں! مر گئی۔۔۔ ماسی، شیرل، گلو۔۔۔! ارے یہاں آؤ"۔۔۔

سب دوڑتے ہوئے آئے۔ مومل کو اُٹھا کر چارپائی پر لٹایا۔ کوئی سُرمہ لے کر آیا۔ کوئی پٹیاں اور کوئی پانی۔۔۔ مومل نے آنکھیں کھولتے ہی کہا "پریل" سب کی نظریں اس طرف اُٹھ گئیں جہاں پرو پڑا ہوا تھا۔ مومل اپنے زخموں کی پروانہ کرتے ہوئے اُٹھ کر پرو کی طرف گئی، جُھک کر اس کو دیکھا، آنکھوں سے آنسو جاری ہو گئے لیکن ایک دم اپنے حواس پر قابو کر کے بولی:

"بھائی گلو! اس کو اُٹھاؤ"۔۔۔ پھر اس نے اپنے ہاتھوں سے پرو کے زخم صاف کیے، اُن میں سُرمہ بھرا اور پھر اسی کے پاس بیٹھی رہی۔

ماسی نعمت پر شش و پنج کی کیفیت طاری تھی اس نے سرگوشیوں میں شیرل اور گلو سے کہا کہ وہ پرو کو اُٹھا کر اس کے کمرے میں پھینک آئیں۔ مومل نے یہ کاناپھوسی سن لی، اُس نے سر اُٹھا کر کہا:

"خبردار جو کسی نے پرو کو ہاتھ بھی لگایا۔ صرف اپنی خیر مانگو"۔

عین اس وقت زوردار دھماکہ ہوا کسی نے برآمدے سے چیخ کر کہا "باورچی خانہ گر گیا" اُسی وقت دوسرا دھماکا ہوا، آواز آئی "غسل خانہ بھی ڈھے گیا" گھڑی بعد ایک اور دھماکہ ہوا "برآمدے کا ایک حصہ بھی زمین پر آرہا"۔

ان دھماکوں سے خوفزدہ ہو کر سب نے آکر کمرے میں پناہ لی۔ مومل پرو کو دیکھ رہی تھی جو اب ہوش میں آچکا تھا اور آنکھوں میں آنکھیں ڈال کر مومل کو دیکھ رہا تھا۔ تھوڑی دیر کے بعد وہ آہستہ سے اُٹھا۔ کھلے دروازے سے بجلی کی چمک دیکھی، بارش کا شور سنا، وہ فوراً چارپائی چھوڑ کر کھڑا ہو گیا۔ مومل نے اسے بازوؤں سے پکڑا لیکن وہ آگے بڑھتا گیا اور یہ کہتا گیا "واہ میرے مولا، باغ و بہار کر دیا، رنگ ہی رنگ کھلا دیے، واہ میرے

مولا"۔

وہ ابھی بر آمدے ہی میں تھا کہ پڑوس کے مکان سے دھماکہ کی آواز آئی۔۔۔ شور، آہ و بکا۔۔۔ اُس کے ساتھ ہی محلے میں اذانوں کی آوازیں آنے لگیں، مومل، پرو کے پاس آکر کھڑی ہو گئی۔

پریل اب بس، رب کی ذات بے شک بڑی ہے، اب اس کا در کھڑکا پریل"۔۔۔

"مومل! میرے مولا کی نظر میں سب بندے برابر ہیں۔۔۔ آجا۔۔۔ تو بھی میرے ساتھ اللہ کے حضور عاجزی سے عرض کر"۔

دونوں بیچ آنگن میں بارش کی پناہ میں کھڑے تھے۔ مومل نے ہاتھ بلند کیے:

"مولا، اب بس، میرے مولا اب ہالار میں برسا، میرے مولا رحم"۔۔۔ کچھ دیر تک وہ یوں عاجزی سے عرض کرتی رہی، گڑگڑاتی رہی اور پرو خاموش کھڑا رہا۔ بارش کا زور گھٹنے لگا۔۔۔ کچھ ہی دیر میں بارش بالکل تھم گئی۔ ابر چھٹ گیا اور آسمان پر تارے چمکنے لگے۔ پرو نے آہستہ سے مومل کا ہاتھ تھاما اور مٹی کے نقشین چھلے کو گھماتے ہوئے کہا:

"رانی یہ سچ ہے کہ شادی محبت کی معراج نہیں۔۔۔ لیکن اب برکھا بہار نہیں ہو گی، اب بسنت نہیں آئے گی، اب ملن کیسا، رہی جدائی تو۔۔۔ روحوں کے ملن میں جدائی کا تصور کیسا میر یمحبوب"۔۔۔

پرو آہستگی سے مومل کا ہاتھ چھوڑ کر آگے بڑھا اور ڈیوڑھی میں کھڑے ہو کر مومل کی طرف دیکھنے لگا جو بت بنی ساکت کھڑی تھی۔ چاروں طرف گھر کے سارے لوگ جمع ہو گئے۔ ماسی نعمت نے صاف لہجے میں کہا "اے ہے لوگو! کچھ اس کا خیال کرو، یہ اللہ والی معصوم لڑکی ہے، اس کی کرامت نہیں دیکھی" اسے لے جا کر اندر کمرے میں بٹھاؤ، ایسے صاحبِ کرامت اللہ والے لوگ برسوں میں پیدا ہوتے ہیں"۔۔۔ اسی اثناء میں پرو کنڈا

کھول کر باہر نکل گیا۔ اُسی وقت مومل کو جیسے ہوش آگیا وہ چیخ کر پکاری "پریل، پریل ---"

پروڈیوڑھی کی دہلیز پھلانگ کر ایسا گیا کہ پھر لوٹ کر نہ آیا۔ اب وہ سچ مچ کا بسنتی مست تھا۔ ایک کفنی نما چوغہ پہنچے کبھی کسی دکان پر، کبھی کسی دکان پر۔ کسی سے ریوڑیاں لیں کسی سے چنے۔ یوں دوڑ بھاگ کرتے کرتے وہ یہی پکارتا جاتا "اب برکھا بہار نہیں ہوگی، اب بسنت نہیں آئے گی"---

کوئی اگر اس سے بات کرتا تو وہ کھچڑی بالوں سے ڈھکے ہوئے ہونٹوں کو کھول کر کہتا

"پیارے! شادی محبت کی معراج نہیں" کوئی دل جلا فوراً پوچھ بیٹھتا:

"بسنتی مست! پھر محبت کی معراج کیا ہے---؟"

"برکھا بہاروں اور برکھا کے متوالوں کی خیر"۔

"لیکن تو تو یہ کہتا ہے کہ اب برکھا نہیں برسے گی، اب بسنت نہیں آئے گی۔

"آنکھوں کی برکھا کو کس نے روکا ہے؟"

پرو، غلامو کی دکان پر بہت بیٹھتا تھا۔ غلامو سے اس کی گاڑھی چھنتی تھی۔ رات کو اسی کی دکان کے تختے پر سو جاتا تھا، جاڑوں میں کمبل یا رلّی بھی نہیں لیتا تھا۔ دکان میں سے لی ہوئی دو تین پھٹی ہوئی بوریوں کو اوڑھ کر سو جاتا---غلامو بھی گھائل تھا۔ اُس نے بھی محبت کی تھی لیکن اس کے محبوب نے اس سے بے وفائی کی--- اب جب بھی وہ سوزِ عشق کی جلن سے تڑپتا تو بے اختیار پریل سے پوچھ بیٹھتا۔

"پریل! دل کس سے لگائیں؟ اُن سے جن میں وفا نہیں"۔

پرو اسے جواب دیتا "میرے مولا کے غلام، تو اس مولا کی دھرتی کا بھی غلام ہے،

اس دھرتی سے دل لگا، یہ دھرتی بہت میٹھی، بہت سوادی ہے"

یہ کہہ کر وہ مٹی اُٹھا کر سر پر ڈالتا، منہ پر لگاتا اور گرد اُڑاتے ہوئے دوڑنے لگتا۔

"واہ میرے مولا، بہاریں ہی بہاریں کر دیں"۔

اب تو واقعی مٹی کی برسات برسنے لگی تھی، کئی موسم بیت گئے اور اب نیا موسم بھی خیر سے پورا ہونے کو تھا، بارش کا دور دور پتہ نہ تھا، چاروں طرف خشکی کا سمندر تھا جس میں سب جل رہے تھے، سلگ رہے تھے۔۔۔ ندی نالے، باؤلیاں، تالاب، سب خشک ہو چکے تھے۔، پیڑ، پتے، چرند پرند، چوپائے مویشی کوئی اس سوکھے پن کا لطف نہ اُٹھا سکے، کوئی دم دینے کو تھا تو کوئی دم دے چکا تھا۔ کھیت کھلیاں سب جل کر خاک ہو گئے، اب انسانوں کی باری تھی۔

سب پرو کی منت کرتے لیکن وہ پکار کر یہی کہتا جاتا "اب برکھا بہاریں نہیں ہوں گی، اب بسنت نہیں آئے گی"۔

اور پھر وہ دوڑ لگاتا ہوا شاہوں کی درگاہ والے میدان میں جا پہنچتا، اُسے کوئی پہنچ نہ پاتا۔ آخر کار ایک دن غلامو نے اس سے کہا:

"پرو ایسا مت کر، بارش برسا"۔

"بارش برسانا میرے مولا کے اختیار میں ہے، پرو کی کیا طاقت ہے"۔

"لیکن پرو، تیری دعا میں بڑی طاقت ہے، تو صرف دعا کے لیے ہاتھ اُٹھا، دیکھ ساری دھرتی سوکھ گئی ہے اب تو کنویں بھی خشک ہو چکے ہیں، صرف مارکیٹ والا کنواں باقی بچا ہے، وہ بھی کتنے دن؟ یہ دھرتی کچھ دن اور سوکھی رہی تو ہم سب سوکھ جائیں گے"۔

پرو مسکرا دیتا اور کچھ خیال آنے پر یہ کہتا "میرے مولا کے غلام، میرے مولا کی دھرتی کے غلام، اس دھرتی اور اس کے باسیوں کے سوکھ جانے میں کوئی شک باقی ہے

کیا؟ لیکن یہ یاد رکھنا کہ دھرتی ہمیشہ دان چاہتی ہے، سمجھے؟ دھرتی دان چاہتی ہے"۔

غلامو دان کا سن کر چونکا۔۔۔ سب کو بلا کر یہ بات بتائی، پھر کیا تھا نذر، نیازیں اور خیر خیراتیں شروع ہو گئیں لیکن شاید اوپر سے قبول نہ ہوئیں یا ابھی دیر تھی۔

اب کی دفعہ غلامو پرو کے منہ در منہ ہو گیا اور غصہ سے بپھر کر کہا

"تو مست بنا پھرتا ہے، کیا خاک بسنتی مست ہے، تو اللہ والا ہے! تو تو صرف عاشق جیوڑا ہے۔ مومل کے عشق میں حیران، ارے اس دھرتی سے بھی کوئی عشق ہے تجھے؟ دھرتی دان چاہتی ہے۔۔۔ تو تو یوں ہی خاک اُڑاتا ہے، بس اب مٹی ڈالے جا، مومل تیری سُبکی کا سامان کر رہی ہے سب لوگ مومل کو منا کر آئے ہیں وہ تجھ سے فقیری اور مستی میں کم نہیں، آج دعا مانگے گی، پھر دیکھ میرا ربکیا کرتا ہے!"

پرو کچھ دیر اچنبھے سے کھڑا رہا، پھر دوڑ لگا کر سیدھا اپنے گھر کی ڈیوڑھی تک جا پہنچا لیکن دہلیز پار نہیں کی۔ اندر سے مومل کی آواز آئی۔ پریل پکارا "مولا دے دے، جل تھل کر دے" ایک ہی صدا میں مومل دوڑ کر ڈیوڑھی تک آ گئی۔ پرو اسے پہنچان نہ سکا۔۔۔ ہڈیوں کا ڈھانچہ، کہاں وہ عنبریں چوٹیاں، کہاں وہ پناہ کا سایہ پلکیں، کہاں وہ عارض کے گلاب، کہاں وہ عطر و عنبر کی خوشبو۔۔۔ وہ تو اس وقت خشک سوکھی دھرتی کو دیکھ رہا تھا۔

مومل اس کے سلونے چہرے کو چیکٹ بھرے بالوں کے بادلوں میں دیکھ کر اور دُکھی ہو گئی، ایک صاف ستھرے آدمی کو گرد و غبار کی تہوں سے اٹا ہوا دیکھ کر اس کے آنسو نکل آئے۔ وہ بوجھل قدموں سے اس کے قریب آ گئی۔ پرو نے آہستگی سے اُس کا ہاتھ تھاما، وہاں وہی مٹی کا نقشین چھلا اُنگلی میں پڑا ہوا تھا، اُس نے چھلے کو گھمایا اور کہا:

"رانی! اب برکھا برسے گی، بسنت آئے گی، سب کچھ چمک جائے گا، نکھر جائے گا۔

تو دل چھوٹا مت کر" اور پھر اس نے زور سے نعرہ لگایا "مولا دے دے، جل تھل کر دے"۔

اس نے دیکھا کہ ماسی نعمت نے آکر اس کے پاؤں پکڑ لیے تھے:

"بیٹا اب واپس نہ جانا، بس جو ہو گیا سو ہو گیا۔۔۔ مومل آج بھی تیری ہے اور تیری ہی رہے گی، مجھ سے خطا ہو گئی"۔

پرو نے آہستہ سے اپنے پاؤں چھڑا کر ماسی نعمت کو گھورتے ہوئے کہا:

"ماسی "مستوں سے زیادہ چھیڑ خانی کی تو تیرے شیر و کو خاک کر دوں گا"۔

"ارے بیٹا! اس نے تو کچھ بھی نہیں کیا۔ اُس نے تو تیرے ڈر سے مومل سے شادی ہی نہیں کی"۔

"مومل سے شادی!" پرو یہ کہہ کر ہنس پڑا، ہنستے ہنستے اُس کے ہونٹ بھنچ گئے۔

" یہ مومل تھوڑے ہی ہے، یہ تو میری دھرتی ہے، اس سے بیاہ کرنے کے لیے سرخ دولہا چاہیے، دھرتی کے لیے سر دینا آسان نہیں، دھرتی دان کے سوا، کسی کی نہیں، سمجھیں، ماسی۔۔۔؟"

ماسی کی سمجھ میں کچھ بھی نہ آیا، وہ خوف کے مارے پیچھے ہٹتے ہٹتے دیوار سے جا لگی۔

پرو نے مسکراتے ہوئے مومل کا ہاتھ تھاما، چھلے کو پکڑ کر گھمایا اور صدائیں دیتا ہوا باہر نکل گیا:

"مولا دے دے، جل تھل کر دے"۔۔۔

جونہی وہ گلی پار کر کے دوسری طرف گیا تو اس کی نظر رئیسوں والے باغ پر گئی جہاں خشک سالی کی وجہ سے بوٹے اور کونپلیں تک جل چکی تھیں، درخت ایسے دکھائی دے رہے تھے جیسے کسی نے اُن کی چھٹائی کر دی ہو، وہ آہستہ سے اُس فرش پر بیٹھ گیا جو

کبھی اس کے لیے سبز کمخواب کے فرش کی مانند تھا جس کی سبز گھاس پر وہ لوٹیں لگاتا تھا۔ آج وہ اُسی فرش پر زور زور سے پاؤں مارنے لگا جو اس وقت خشک میدان کی صورت اختیار کر چکا تھا۔ جس کا ہر حصہ سوکھ کر ٹھوس بن چکا تھا۔ کچھ ہی دیر میں وہاں گاؤں کے لوگ جمع ہو گئے۔ آس، اُمید اور تشنگی اُن کے چہروں سے عیاں تھی لیکن دھرتی تو سوکھی تھی۔

اب پرو کے بسنتی مست ہونے میں لوگوں کا یقین متزلزل ہونے لگا، پرو کی زبان سوکھ چکی تھی، وہ ناچ کود کر، چھلانگیں لگا کر اور بازوں کو ہلا ہلا کر بے حال ہو چکا تھا، اس کا حلق سوکھ کر کانٹا ہو چکا تھا لیکن اس کی صداؤں میں کوئی کمی نہیں آئی۔ یہی صدا کہ میرے رب کی ذات بہت بڑی ہے، جب وہ راضی ہو"۔۔۔ پھر یکایک پرو کو خدا جانے کیا ہوا کہ وہ اچانک پکار اُٹھا۔

میرے مولا تو منہ مت موڑنا، باقی یہ تیرا بندہ حاضر ہے" یہ کہہ کر پرو جھکا اور گھٹنوں کے بل بیٹھ کر زور زور سے زمین پر ٹکر مارنے لگا۔ برسوں کی پیاسی دھرتی سوکھ کر ٹھوس فولاد کی طرح ہو گئی تھی۔ دوسری ہی ٹکر میں سر سے خون کی تیز دھاریں بہنے لگیں بس سوکھی دھرتی اس طرح لہو پی رہی تھی جیسے کوئی پیاسا اپنی پیاس بجھا رہا ہو۔۔۔ اور یوں پرو اپنے لہو سے دھرتی کو سیراب کرتا رہا۔ وہ اس وقت تک زمین پر ٹکریں مارتا رہا جب تک ابر کی گڑگڑاہٹ سنائی نہ دی۔ جونہی بارش کی پہلی بوندھ اس پر گری پرو نے اپنی بے نور آنکھیں اُٹھا کر کہا۔

"واہ میرے مولا، رنگ ہی رنگ بکھیر دیے، باغ و بہار کر دیا"۔

اس سے زیادہ کچھ نہ کہہ سکا۔ اب اس کا لہو بھی برکھا پھوہار سے دھلتا جارہا تھا۔ آہستہ آہستہ اس کے خون کی سرخی بارش کی دھاروں میں بہہ کر چاروں طرف پھیل گئی۔

کوئی دھارا کس طرف تھا اور کوئی کس طرف۔ خون کی سرخی سے پانی کی رعنائی میں اور نکھار آگیا۔ دھرتی کی پیاسی رگیں اس سرخ پانی سے بھرتی جارہی تھیں۔۔۔ سب لوگوں نے یہ بھی دیکھا کہ اوپر چڑھائی پہ جہاں مومل رہتی تھی وہاں سے پانی کے جو دھارے بہتے ہوئے آرہے تھے اُن میں بھی وہی سرخی تھی۔ پانی کے ان دونوں دھاروں کا ایک جگہ سنگم ہوگیا وہاں سے جب پانی کا بہاؤ آگے گیا تو ساری دھرتی نے گویا سبز کمخواب کی پوشاک پہن لی۔ کہتے ہیں کہ جب بھی ہماری دھرتی سوکھ جاتی ہے تو کوئی نہ کوئی مست ضرور اسے اپنے لہو سے سینچتا ہے۔ نہ جانے کتنے مستوں نے اس دھرتی کو اپنے لہو سے سیراب کیا ہے کہ اب کبھی یہ زمین بنجر نہیں ہوتی۔ ہر سو ہریالی ہی ہریالی نظر آتی ہے۔ ہمیشہ یہاں برکھا کی بہاریں ہوتی ہیں اور کبھی برسات کا موسم خالی نہیں جاتا۔

Ref.: penslipsmagazine.com

***

پانچواں موسم

شاہین کاظمی

بارش اب بھی زوروں پر تھی، اندھیرے میں بجلی کے کوندے زمین کی طرف لپکتے دکھائی دینے لگے اس نے گہرا سانس لے کر روشنی گل کی اور سونے کے لئے کمرے میں چلی آئی ہاتھ میں پکڑی کتاب بستر پر رکھ کر پردے برابر کئے۔۔۔۔۔۔۔۔۔۔ آج نیند جانے کہاں رہ گئی تھی۔۔۔۔۔اِس نے بے خیالی میں ورق پلٹا:

"پانچواں موسم"

"زندگی میں پانچواں موسم اُترے تو اُس کا حسن معدوم ہونے لگتا ہے

راستہ کوئی بھی ہو غبار اُٹھتا ہی ہے

انگور کی بیلوں پر سانپ چڑھ جائیں تو شراب زہریلی ہو جاتی ہے

شبِ فتنہ کب کٹے گی؟ میرے آنگن میں کھلے گلِ لالہ پر بارود کی راکھ پڑی ہے تم چراغ بجھتے تک لڑتے رہنا

اس نے کتاب بند کر دی، ذہن کہیں اور بھٹک گیا تھا

"تمہیں لڑنا ہو گا، میرے لئے، اِس مٹی کے لئے"

اِس کچے سے کمرے کے ایک کونے میں جھلنگا سی چارپائی پر پڑے وجود میں اگر کچھ زندہ تھا تو اُس کی نیلگوں سمندروں جیسی آنکھیں۔۔۔۔۔۔یہ ماجد کی ماں تھی

"مجھ سے وعدہ کرو تم لڑو گے، جب تک ساری بلائیں ختم نہیں ہو جاتیں تم لڑو گے"

بوڑھے سر دہاتھ ماجد اور نوما کے ہاتھوں پر جمے ہوئے تھے۔۔ آنکھوں میں ابھرتی، ڈوبتی حسرت اور اُمید۔۔۔۔۔ماجد کا سر بے اختیار ہاں میں ہل گیا

"ہم لڑیں گے ماں آخری دم تک لڑیں گے"

ماجد کی آواز سن کر بوڑھے نیلگوں سمندروں میں جوار بھاٹا اٹھنے لگا۔ماجد جانتا تھا اِن نئے بدیسی بھیڑیوں سے لڑنا آسان نہ ہو گا۔ جبکہ دھرتی کے سینے پر روبل کی تال پر رقص کرتے سؤروں کے لگائے زخم ابھی تازہ تھے۔۔ سؤروں کو دھرتی سے باہر ہانک تو دیا گیا تھا لیکن امن واپس نہ آسکا۔

نیا چاند ابھرا تو نئے بھیڑیئے گپھاؤں سے باہر نکل آئے۔۔ اِن کے لے پالکوں نے جب ڈوریاں توڑ کر اپنے آزادانہ رقص کا آغاز کیا تو نائیکہ کی تیوری چڑھ گئی۔ اُس کی نظروں کا زاویہ بدلا تو وہی لے پالک جو بہت چنیدہ تھے نظروں سے گر گئے۔۔ لیکن انھیں بھی پرواکب تھی انھوں نے نئی تال چنی اور دھمال شروع ہو گیا۔بندوقوں کے سائے میں ابھرتے نغموں میں سوز اُمڈ آیا لہولہان دھرتی دم بخود تھی ہر طرف بہنے والا خون اپنا تھا۔

جنت کی اور جاتی پگڈنڈیوں پر جب موت اُگنے لگی تو ایک دن وہ اپنے بچے کی انگلی تھامے وہ وہاں سے نکل پڑی۔

"چلو میرے ساتھ" اس نے ماجد کا ہاتھ تھام لیا

"نہیں جاسکتا"

"کیوں؟"

"ماں سے کیا وعدہ نبھانا ہے"

"کس سے لڑو گے؟ جب دونوں اطراف اپنا ہی سینہ ہو بندوق کس پر چلے گی" اِس

کے لہجے میں دکھ تھا

لیکن وہ غلط تھی بندوق کی نال شرارے اُگل رہی تھی سؤروں کی جگہ بھیڑیئے شہر میں دندنانے لگے اُس نے ایک مڑ کر دیکھا شہر ملبے کا ڈھیر تھا۔ اپنے آنسو چھپاتے ہوئے وہ قافلے کے ساتھ ہو لی۔ یہ اعلیٰ سالاروں کا قافلہ تھا جو سمندر پار جا کر رکا۔۔۔ ماجد کے بغیر زندگی مشکل ضرور تھی ناممکن نہیں جلد ہی زندگی میں رچاؤ آنے لگا۔

محبت کے شیریں ہونٹوں سے
پھوٹنے والے نغموں کی مدھر لے
آتش شوق بھڑکا دیتی ہے
جیسے خشک گھاس میں گرنے والی ننھی سی چنگاری
زخمی کونج کی پکار
روح میں اُتر رہی ہے
دن رات کے سینے میں جذب ہو رہا ہے
مجھے دیدار کی مے دو
کہ پیاس بڑھ رہی ہے
محبت اگر دلوں میں حلاوت نہ جگائے
تو اِس کے اجزاء میں پاکیزگی ترتیب
اُلٹ گئی ہے
چاند کی ساحر کرنیں
پھول پر منعکس ہیں

زیست انگڑائی لے کر بیدار ہو رہی ہے
سُچے سُر کے لئے من کا اُجلا ہونا ضروری ہے
من میں کدورتوں کا میل سُر گدلا کر دیتا ہے
اور وہ محض کانوں میں اٹک کے رہ جاتا ہے
اگر سُر من میں اُجالا نہ پھونکے
تو اِس کے اجزاء میں پاکیزگی کی ترتیب اُلٹ گئی ہے

نوجوان شاعر کے ہاتھ سے قلم چھوٹ گیا دھماکے سے در و دیوار لرز اٹھے تھے وہ تیزی سے اٹھا اور پتھریلی دیواروں والے سرد تہہ خانے کے کونے میں دھری اکلوتی موم بتی گُل کر دی۔ اچانک اُسے اپنے ہاتھوں پر ننھے ننھے سرد ہاتھوں کا لمس محسوس ہوا یہ نوما تھی۔ اُس کی بھوری آنکھوں میں خوف تھا جنگی جہاز سے گرنے والی موت نے زندگی سے موت کو جاتی سرحد پر بھیڑ جمع کر دی۔۔۔۔۔۔۔ بدن ٹکڑوں میں بٹنے لگے نوما کو سینے سے لگائے وہ ٹھنڈی دیوار سے ٹیک لگائے ساکت بیٹھا تھا چھوٹے سے روشن دان کے ٹوٹے ہوئے شیشے سے شمالی ہوا برف کے ذرات اندر اچھال رہی تھی اُس نے ٹٹول کر پرانا کمبل اپنے اوپر کھینچ لیا۔

اچانک خاموشی چھا گئی شاید جہاز واپس جا چکے تھے نوما بھی سو گئی تھی اُس کے سانسوں کی ہلکی سی آواز تہہ خانے کے بھیانک ماحول میں بھلی لگ رہی تھی لطف اللہ نے اُسے بستر پر لٹا دیا اُس کے گالوں پر آنسوؤں کے نشان تھے۔۔ اس نے اپنی ادھوری نظم پھر سے لکھنے کی کوشش کی لیکن ذہن منتشر تھا ساتھ نہ دے سکا کاغذوں کے پلندے میں بہت سی آدھی ادھوری نظمیں اور گیت مکمل ہونے کے منتظر تھے، بالکل اُس کی ادھوری زندگی کی طرح۔

"مجھے لکھنا ہے اِس سے قبل کہ وقت کے کھنڈر میں زندگی کی چاپ معدوم ہو جائے مجھے لکھنا ہے" وہ بہت تیزی سے صفحے الٹ پلٹ رہا تھا۔

" آنے والوں کو کیسے پتہ چلا گا کہ ہم کس کرب سے گزرے ہیں میں جانتا ہوں اچھا وقت دور نہیں"

اس نے نوما کو دیکھا جو ابھی تک سو رہی تھی۔

" سوتی رہو میری گڑیا دنیا دکھوں سے بھر گئی ہے۔۔۔۔۔۔۔۔۔۔ موت زندگی پر پنجے گاڑے ہوئے ہے۔۔۔۔۔۔۔ یہ سب کچھ تمہارے دیکھنے کے لائق نہیں۔۔۔۔۔۔۔۔۔ سوتی رہو میری گڑیا"

اُس کی خود کلامی جاری تھی

"لیکن میں تمہیں بتانا چاہتا ہوں کہ دشمن دروازے پر بیٹھا ہو تو کیسا لگتا ہے۔۔۔۔۔۔۔ جب رگوں سے زندگی نچڑ رہی ہو تو سانس سینے میں اٹک جاتی ہے۔۔۔۔۔۔۔ میری باتیں ابھی تمہاری سمجھ میں نہیں آئیں گی۔۔۔۔۔۔ تم زندگی کو اپنے انداز سے دیکھو گی لیکن نوشتۂ دیوار بھی پڑھنا ہو گا۔۔۔۔۔۔۔۔ زندگی میں اندھیرے در آئیں تو اُمید مرنے لگتی ہے کسی کو جگنوؤں کی کھوج میں نکلنا ہو گا"

سائیں سائیں کرتی ہوا مردہ تنوں کی باس لئے گلی کوچوں میں کرلا رہی تھی۔ وہ بس خالی خالی نظروں سے کاغذوں کو گھورتا رہ گیا۔

اُس کی آنکھ کھلی تو روشن دان سے ہلکی ہلکی روشنی اندر آرہی تھی اُس نے کھونٹی پر لٹکی میلی سی جیکٹ چڑھائی اور ملبہ ہٹاتے ہوئے باہر رینگ آیا۔

رات ہونے والی بمباری نے بہت تباہی مچائی تھی ہر طرف گہرا سکوت تھا، کھانے کی تلاش میں جیسے ہی وہ نکڑ مڑا گلی کے کونے پر بکتر بند گاڑیوں کے ساتھ فوجیوں کا دستہ

دیکھ کر ٹھٹھک گیا۔ وہ تیزی سے پلٹا لیکن فوجی اُسے دیکھ چکے تھے۔۔ تڑتڑ کی تیز آواز کے ساتھ اُسے اپنے شانے اور کمر میں آگ اُترتی ہوئی محسوس ہوئی وہ وہیں ملبے پر ڈھیر ہو گیا آخری خیال جو اُس کے ذہن میں آیا وہ نوما کا تھا

ہر شام اپنے گھونسلوں میں لوٹتی چڑیاں بہت شور کرتیں وہ اِس شور کا عادی تھا۔ لیکن کبھی کبھی جانے کیا ہو جاتا شور اعصاب پر کوڑے برسانے لگتا اور انتہائی بے چین ہو کر چڑیوں پر برس پڑتا۔۔۔۔۔۔۔۔۔۔۔ آج بھی اسی کیفیت کا شکار تھا۔۔۔۔۔۔۔ بیئر کا آخری گھونٹ گلے میں اتار کر اِس نے بوتل کو

پوری طاقت سے درخت کے تنے کی طرف اچھالا اور گالیاں بکنے لگا پارک کے داہنی طرف پرانے بینچ پر لیٹا ہوا بوڑھا ایک دم چونک کر اٹھا کچھ نا قابل فہم انداز میں بڑبڑایا اور پھر سے لیٹ گیا اندھیرا پھیلتے ہی چڑیوں کا شور تھما تو بوڑھا بھی پر سکون ہو گیا۔ چاند نے ہولے سے زمین پر جھانکا تو چاندنی کھلکھلا کر گھاس پر رقص کرنے لگی بوڑھے نے اپنے تھیلے سے پرانا سا وائلن نکالا اور بجانے لگا اِس کی ٹھٹھری ہوئی موٹی بھدی انگلیوں میں دبی وائلن کی سٹک بہت خوبصورتی سے تاروں پر رواں تھی۔

منڈیروں پر اُونگھتے چراغ بجھ جائیں تو

موت کے مہیب سائے در و دیوار پر منڈلانے لگتے ہیں

مسافر راستہ کھوٹا کر لیتے ہیں

اُن میں لہو ڈالتے رہو

کہ روشنی

زندگی کی علامت ہے

بوڑھے کی آواز میں عجیب سا سوز تھا۔ اس کے سال خوردہ چہرے کا ملال بتا رہا تھا کہ زندگی نے اُس کے ساتھ کچھ اچھا سلوک نہیں کیا۔ یہ ملال وائلن سے پھوٹتے نغموں سے بھی عیاں تھا۔ گیت کی دھن بہت عام فہم نہ تھی۔ لیکن پارک سے گزرنے والے اُسے جانے کب سے سن رہے تھے۔۔ بوڑھے کے سامنے پڑے گلاس میں سکے گرتے رہے۔۔ اجنبی دھن پر بجتے نغمے کے سُر فضا میں بکھرتے رہے۔۔ بوڑھے نے سکّوں والا گلاس خالی کیا اور دوبارہ وہیں رکھ دیا وائلن درد اگلتا رہا تھا۔ گھنے پیڑوں کی اوٹ سے افسردہ چاند جھانکتا رہا اور رات دھیرے دھیرے بھیگتی گئی

"مٹّی کا نوحہ کون لکھے گا؟

جب بیٹے ماں کی چادر نوچ لیں تو کیا قیامت نہیں آئے گی؟

سفید پھولوں کے باغ میں سؤر چرنے لگے ہیں

چولہے پر دھرا کھانا پختہ ہونے کے انتظار میں ہے

لیکن آگ چولہوں میں نہیں شہروں میں بھڑک رہی ہے

مسافر تمہارا سفر کب تمام ہو گا؟

نہ ہی سفر تمام ہوتا ہے اور نہ ہی وحشت کبھی سیراب ہوتی ہے۔۔ اچانک اٹھنے والی آندھی سب کچھ لپیٹ میں لے کر سارے منظر دھندلا دیتی ہے۔۔ اُس دن بھی لمبے انتظار کے بعد بھی لطف اللہ نہ پلٹا تو نوما اپنی پناہ گاہ سے باہر نکل آئی۔ ہر طرف سؤر دندناتے پھر رہے تھے اور پھر بدن دربدن بٹتے ہوئے محض دس سال کی عمر میں ہی وہ بہت کچھ سمجھنے لگی تھی۔ وجود کی ناؤ کا ناہموار بہاؤ۔۔۔۔۔۔۔۔۔ ہچکولے انگ انگ توڑ دیتے ہیں۔۔ آنے والا ہر نیا مسافر ناؤ میں اپنے انداز میں سوار ہوتا ہے۔۔۔ جب تک لنگر آنکڑے میں پھنسا ہو ناؤ حرکت نہیں کر سکتی وہ بھی جال میں پھنسی مچھلی کی طرح تڑپ

سکتی تھی لیکن آزادی اُس کا مقدر نہیں تھی۔ لیکن پھر ایک دن اچانک لنگر اُٹھا دیا گیا یا شاید گھاٹ بدل دیا گیا تھا۔ اب ایک مسافر تھا اور وہ۔۔۔۔۔ رات دن اُسے ڈھوتے ڈھوتے اُس کی ہمت ٹوٹنے لگی۔

کچے پھل سخت اور کڑوے ہوتے ہیں۔۔ لیکن اِس کے باوجود کچھ لوگ اِن میں دانت گاڑ دیتے ہیں۔۔ چاہے بعد میں تھوکنا ہی پڑے۔۔ لیکن نہیں وہ شاید کم عمری میں ہی گدرا گئی تھی اس لئے تھوکنے کی نوبت کم ہی آتی۔ البتہ اِس نے تھوکنا سیکھ لیا۔ بھاری بوٹوں کی ٹھوکریں کھانے کے بعد بھی اِس کی تھوکنے کی عادت نہ گئی۔

پھر ایک دن اچانک وہ اکلوتا مسافر ایک ایسے گھاٹ پر اُتر گیا جہاں سے آگے کا سفر ممکن نہ تھا۔ نومانے اُس کے سرد بے جان چہرے کو دیکھا تو اُبکائی روکنا مشکل ہو گیا۔

" دیکھو چھوٹی لڑکی انجانی منزلوں کا سفر آسان نہیں ہوتا پاؤں میں تھکن اُتر آتی ہے لیکن چلنا تو پڑتا ہے ورنہ چاند پورا ہونے پر بھیڑیئے اپنی اپنی گپھاؤں سے نکل آتے ہیں انھیں تازہ نرم گوشت میں دانت گاڑنا پسند ہے۔۔ اُن کی غرّاہٹیں سانسیں توڑ دیتی ہیں لیکن تم ڈرنا مت"

کہیں بہت قریب کوئی جانی پہچانی سرگوشی اُبھری

گو کہ وہ بہت چھوٹی تھی لیکن ذہن کے کسی گوشے میں الفاظ جیسے پیوست ہو گئے تھے۔۔ اِس کی آنکھوں میں نمی اُبھرنے لگی اُسے انجانی منزلوں کی طرف جانا تھا، ہوا میں خون اور بارود کی بُو رچی ہوئی تھی۔

"لیکن مجھے ڈرنا نہیں"

وہ دھرتی کو اِس سؤروں سے پاک کرنے کے لیے مجاہدین سے جا ملی

"میں اکیلا فیصلہ نہیں کر سکتا اِس وقت اپنے سائے پر بھی بھروسہ کرنا مشکل ہے تم

انتظار کرو"

"کب تک ؟"

اُس کی آواز میں بیقراری تھی

"ربانی کے آنے تک"

امین وردک آگے بڑھ گیا

کئی چاند اُبھرے اور ڈوبے سوٗر کھیت کھلیان تاراج کر رہے تھے موت کا رقص جاری رہا اندھیرے بڑھنے لگے لوگ کم ہوتے جا رہے تھے۔۔

ربانی نے اُسے مجاہدین میں شامل ہونے کا عندیہ دے دیا تھا۔ کیونکہ کہ وہ بدیسی سوٗروں کی زبان بہت روانی سے بولتی تھی۔ لیکن اُس کی کوکھ میں پلتا بچہ جسے وہ سفید سوٗر کا بچہ کہتی تھی اُس کی راہ روکنے لگا۔

گپھاؤں کے در بند کرنے ہوں گے

ورنہ اندر پلتی بلائیں آبادیاں نابود کر دیں گی

چاندنی کا سحر دماغ اُلٹ دیتا ہے

جنت کی طرف جاتی پگڈنڈیوں پر

موت اُگنے لگے تو

پہچان کم ہو جاتی ہے

وقت کے ہاتھ لکھنے میں مصروف ہیں

الفاظ شرمندگی میں ڈھلتے جاتے ہیں۔۔

شہر میں چاند اُبھر آیا تھا۔ بہت عجیب سا چاند۔۔۔۔۔۔۔۔۔۔۔۔۔۔۔ سحر زدہ کر دینے والا لوگ بے سدھ ہونے لگے۔۔ ماجد ہڑبڑا کر اُٹھ بیٹھا اُس کے جسم میں تشنج اور

اینٹھن تھی۔۔ یکایک اُس کی انگلیوں کے سروں پر نوکیلے ناخن نمودار ہوئے۔۔ چند لمحوں بعد اس نے اپنی لمبی تھوتھنی اوپر اٹھائی اور ہوووووو کی لمبی آواز کے ساتھ آبادی کی طرف بھاگ کھڑا ہوا اُس کے تیز نوکیلے دانت چمک رہے تھے اُس کے ساتھ اُس جیسے اور بھی کئی تھے، گپھاؤں کے در بند نہیں کئے جاسکے تھے پھر ہر روز اُن میں اضافہ ہونے لگا خونخواریاں بڑھنے لگیں۔۔

صدیوں سے سیف الملوک میں رقص کرتی پریوں کے گھنگھرو توڑ دیئے گئے آدمی کی جون بدلنے لگی۔۔۔۔۔۔ چاند پورا ہوتے ہی گپھاؤں سے نکلنے والے اپنے نوکیلے دانت اور پنجے نکال کر بھیڑیئے بن جاتے اور اپنے ہی ہم جنسوں کو بھنبھوڑنے لگتے قندھاری اناروں سے ٹپکتا لہو سیف الملوک میں بھرنے لگا اب کی بار بھیڑیوں کے جسم سے اٹھتی باس پرائی نہ تھی۔

اُس ڈھلتی شام پارک میں وائلن پر بجتی دھن نے اُس کے قدم روک لیے دل اتنی زور سے دھڑکا کہ قیامت اُٹھادی۔ وہ یہاں اِس شہر میں اپنے کسی پرانے ساتھی سے ملنے آئی تھی۔ اُس کا وطن اور یہاں بستے ساتھیوں سے رابطہ کبھی نہیں ٹوٹا تھا۔ وہ اپنے بیٹے کو ساری عمر سفید سؤر کا بچہ کہتی اور سمجھتی رہی۔ لیکن اُس روز اُس دوست کے کہنے پر اُسے بلا جھجک آگ میں جھونک دیا۔ آج اُس کی موت کی اطلاع جانے کیوں اُسے بے چین کر گئی۔ تیسری نسل کا لہو بھی دھرتی کے چاک رفو نہیں کرپایا تھا۔۔۔۔۔۔ بوڑھا گا رہا تھا۔

"جب عہد فراموش کر دیئے جائیں

محبت مر جائے

یقین باسی ہو جائے

قدم اجنبی سمتوں میں اُٹھنے لگیں

مٹّی سے دغا عام ہو جائے

تو جان لو

کہ زندگی کے اجزاء میں

پاکیزگی کی ترتیب اُلٹ گئی ہے

"لطف اللہ؟" وہ دوزانو بوڑھے کے پاس بیٹھ گئی اُس کی آنکھوں میں آنسو لرز رہے تھے بوڑھے کی موٹی ٹھٹھری ہوئی انگلیوں میں دبی سٹک ہوا میں معلق رہ گئی

"کون؟" اُس کی آواز میں لرزش تھی

"میں نوما" سٹک گر چکی تھی بوڑھے کا پورا وجود زلزلے کی زد میں تھا

"نہیں میں اسماعیل خان۔۔۔۔۔۔۔ لطف اللہ تین گولیاں کھا کر کچھ دن زندہ رہ سکا"

"لیکن تم نے یہ گیت کہاں سے سیکھا؟ یہ تو لطف اللہ کا لکھا ہوا ہے"

"یہ تمہاری امانت۔۔۔۔۔۔۔۔۔۔۔۔۔۔۔۔۔۔۔ لطف اللہ نے مرتے وقت تمہیں دینے کو کہا تھا"

بوڑھے نے ایک پرانی ڈائری نوما کی طرف بڑھائی

جانے کب سے لئے پھر رہا ہوں لگتا نہیں تھا کہ میں امانت حق دار کو پہنچا سکوں گا"

اِس نے ڈائری تھام لی، ٹھنڈ اور اندھیرا تہہ خانہ اچانک روشن ہو گیا

"آکا جان" ننھی نوما کے ہاتھ سرد اور آنکھیں خوف سے بھری ہوئی تھیں۔۔ نو سال عمر ہی کتنی ہوتی ہے۔۔۔۔ ماں باپ اور بہن بھائیوں کی کٹی پھٹی لاشیں اُسے آسیب بن کر چمٹ گئی تھیں

"کچھ نہیں ہو گا میں ہوں نا" لطف اللہ نے اُسے سینے میں چھپا لیا بابا کی مہک نتھنوں

سے ٹکرائی تو آنکھوں میں نمی اترنے لگی

"تم کیا لکھتے ہو؟" نوما کی گہری آنکھیں اُس پر مرکوز تھیں

"اپنی مٹی کا دکھ اپنے لوگوں کا نوحہ" وہ کچھ نہ سمجھی

"بڑی ہو کر اِسے ضرور پڑھنا تمہیں معلوم ہونا چاہیے ہمارے خواب کیسے بکھرے"

نوما نے ڈائری کو کھولا "پانچواں موسم" لطف اللہ کے خوبصورت حروف کی سیاہی اُس کی پہچان کی طرح ماند پڑ رہی تھی

"آؤ میرے ساتھ" نوما نے بوڑھے کی طرف ہاتھ بڑھایا

"کہاں؟" بوڑھے کی آنکھوں میں استعجاب تھا

"اپنے گھر اپنی بیٹی کے گھر" اُس کی آنکھیں چھلک پڑیں

بوڑھے نے بیساکھی ایک طرف رکھی اور نوما کا سہارا لے کر اُٹھ کھڑا ہوا۔

Ref.: penslipsmagazine.com

***

صحرا اور ڈوبتا چاند

آدم شیر

انسان کا معدہ بڑی بری بلا ہے۔ یہی وہ بلا ہے جو دس سال کے شمس کو کھا گئی۔ وہ میرے ساتھ اس بلا سے بچنے کے لئے بھاگ رہا تھا۔ اس کا دوست حسن بھی ساتھ تھا جس کا کوئی مائی باپ نہ تھا۔ وہ شمس سے دس مہینے بڑا تھا اور میں ان دونوں سے سات آٹھ سال پہلے دنیا میں آیا تھا۔ میں نے شمس کے لئے فرار کا منصوبہ بنایا تھا جس میں حسن بھی شامل ہو گیا۔ وہ ڈیڑھ دن سے بھوکا تھا اور سمجھا ہم جہنم سے نکل کر جنت کی طرف جا رہے ہیں۔ جب اس کے پاؤں میں چلتے چلتے چھالے پڑ گئے تو اسے پتا چلا کہ یہ راہ نہیں آسان لیکن اب وہ لوٹ بھی نہیں سکتا تھا۔

جب سورج آگ برساتا تو ریت کے ذرے سچے موتیوں کی طرح چمکنے لگتے۔ حسن کے پاؤں میں پڑے چھالے یہ چمکتے موتی برداشت نہ کر پاتے اور وہ بار بار بیٹھ جاتا۔ تپتی زمین پر بیٹھ کر پاؤں ہاتھ میں پکڑ پکڑ کر دیکھتا۔ ابھی تو اسے لمبا راستہ طے کرنا تھا۔ ہاتھوں کے بل یا قدموں کے بل، جیسے بھی ہو۔ ہمیں جمعہ گوٹھ سے چلے تین دن ہونے کو تھے اور شمس کو مرے ابھی پونے دو دن ہوئے تھے۔ شمس دیکھنے میں بڑا سخت جان تھا۔ وہ شرارتیں بھی بڑی کرتا تھا لیکن بھوک نے اسے اسی طرح کھا لیا، جیسے گندے پانی نے جمعہ گوٹھ کے کئی لوگ کھائے تھے۔

پیٹ بھی عجیب ہے۔ بھرا ہو تو نقصان، خالی ہو تو اور بھی نقصان۔ کچھ الٹا سیدھا کھالو تو ہیضہ ہو جاتا ہے۔ کچھ نہ کھاؤ تو انتڑیاں خشک ہو کر آپس میں اٹکل پیچو شروع کر دیتی ہیں اور انسان دوہرا ہو جاتا ہے۔ شمس بھی کئی بار دوہرا ہوا۔ وہ جب بھی دوہرا ہوتا، مجھے تہرا چوہرا لگنے لگتا۔ وہ کمر کے بل لیٹتا۔ ٹانگیں پیٹ سے جوڑنے کی کوشش کرتا کہ پیٹ کے اندر نہیں تو چلو باہر ہی ماس لگ جائے۔ اس کی انتڑیاں اٹکل پیچو سے تھک کر نچڑنا شروع ہو گئی تھیں۔ ہم اسی سے بچنے کے لئے بھاگے تھے۔ شمس کی قسمت خراب تھی، وہ زیادہ دور تک نہ بھاگ سکا۔

شمس کے پیٹ میں جب عجیب و غریب چیزیں اٹھ اٹھ کر بیٹھ جاتیں تو وہ مسکراہٹ کا منہ چڑاتے ہوئے پوچھتا۔ "ریت کھانے سے کچھ ہوتا تو نہیں۔" حسن اس کی بات سن کر ہنس پڑتا اور میں نہ رونے کی کوشش کرتا۔ میں تین افراد پر مشتمل اس مہاجر قافلے کا سربراہ جو ٹھہرا تھا۔ اس لئے میں رو نہیں سکتا تھا۔ جب حالات ہی ہم پر رو رہے تھے تو ہمیں رونے کی کیا ضرورت تھی۔ جب میں اور حسن شہر پہنچے تھے تو وہاں ٹی وی پر کئی لوگ ہمارے لئے رو رہے تھے۔ فرق صرف اتنا تھا کہ شمس خالی پیٹ روتا تھا اور ٹی وی پر رونے والوں کی جیبیں بھی بھری ہوئی تھیں۔ مجھے یہ دیکھ کر بھی رونا نہیں آیا تھا۔

جمعہ گوٹھ میں مرد روتے نہیں تھے۔ یہ مردانگی کا سوال تھا۔ یہاں ایک مردانگی ہی بچی تھی، ورنہ ہر سال گرمیوں میں جب سورج جوبن پر آتا تو پینے کو پانی ہوتا نہ کہیں گندم بچی ہوتی۔ ہمارے جانوروں کے لئے چارہ تک نہ بچتا۔ کتے بلیوں کا پتا نہیں، اگر گائے بھی گوشت خور جانور ہوتا تو وہ ایک دوسرے کو کھا کھا کر گزارہ کر لیتیں۔ بھیڑیں ایک دوسرے کو اپنی رانیں دردِ دل کے واسطے ضرور پیش کرتیں، لیکن وہ گوشت خور نہیں تھیں۔ ہم گوشت خور تھے۔ عید کے عید گوشت کھاتے تھے، جب قریبی شہر سے لوگ

خیرات کرنے آتے۔

میں اپنی جھونپڑی کے باہر موٹی دری بچھائے، آسماں پر تاروں کا تعاقب کرتے، اکثر خود سے ایک سوال کیا کرتا تھا۔ "یہ شہر کے لوگ گرمیوں میں خیرات کرنے کیوں نہیں آتے؟" میرے پاس سوال کا جواب دینے والا کوئی نہیں ہوتا تھا۔ خود ہی جواب سوچ لیتا کہ گرمیوں میں شہر کے لوگ بھی بھوک پیاس سے بیمار پڑ جاتے ہوں گے یا پھر انہیں کوئی اور پریشانی ہوتی ہو گی ورنہ ہماری خبریں ہوا کے دوش پر اڑتی ان تک پہنچتی ضرور ہوں گی۔ پچھلے سال گرمیوں میں مَیں شہر والوں کی راہ تکتے تکتے تھک گیا تو خود شہر جانے کا سوچا۔ یہی وقت صحیح تھا۔ جمعہ گوٹھ سے کئی لوگ جا رہے تھے تو مجھے بھی جانا ہی چاہیے تھا۔

ہم سندھو دریا کے بیٹے ہیں۔ یہ پانی کے ایک عظیم دیوتا کی خواب گاہ ہے جو کبھی ایک آنکھ کھول کر ارد گرد دیکھتا ہے اور کبھی دونوں آنکھیں کھول لیتا ہے۔ کبھی ہڑبڑا کر اٹھ بھی جاتا ہے۔ یہ ہم پر کرم کی نظر کرتا ہے نہ کوئی اسے ہم تک لانے کی کوشش کرتا ہے۔ میرے دادا کہتے تھے کہ اگلے وقتوں میں ایک بہادر ساری رات پانی کے دیوتا سے لڑتا رہا۔ دیوتا نے کئی بار اسے چاروں شانے چت کیا لیکن پھر وہ کھڑا ہو جاتا۔ دیوتا اسے دور دور پھینکتا، وہ پھر جا چمٹتا۔ شب بھر بد مست سانڈ کی طرح ٹکراتا رہا۔ سر ٹکراتے ٹکراتے رات گزرنے والی تھی۔ سورج کی پہلی کرن کے رات کی سیاہی کا سینہ چیر کر اس تک پہنچنے سے پہلے اور زندگی کی بازی ہارنے سے کچھ لمحے قبل اس نے دیوتا کا دل جیت لیا۔ اب تو مشینیں ہیں بڑی بڑی، کوئی ان مشینوں کو ہی دیوتا سے لڑا دے۔

ہم صحرا کے بچے ہیں جو پانی کے لیے جھولیاں پھیلائے رکھتے ہیں۔ آسمان کی طرف

دیکھتے رہتے ہیں، لیکن آسمان چند برس سے ہماری طرف نہیں دیکھ رہا۔ جب آسمان ہی نہیں دیکھ رہا تو کوئی اور کیا دیکھے گا، لیکن میں نے دیکھا۔ میں نے شمس کو مرتے ہوئے دیکھا، اور بھی کئی لوگوں کو دیکھا لیکن شمس کو مرتے ہوئے دیکھنا کچھ عجیب تھا۔

شمس جب مر رہا تھا، اس کے گلے کے قریب ایک ہڈی نظر آنے لگی تھی۔ مجھے بعد میں پتا چلا یہ ہڈی عورتوں کی نظر آئے تو حسن کی نشانی ہوتی ہے۔ جمعہ گوٹھ اور آس پاس کے کئی گوٹھوں میں یہ حسن بکھرا پڑا تھا۔ یوں کہنا چاہیئے کہ حسن بکھر بکھر رہا تھا، جیسے شمس بکھر گیا۔ بچھڑ گیا تھا۔ پہلے وہ مائی سکینہ سے بچھڑا تھا جس سے سائیں ذوالفقار یعنی میرا اباپ کئی سال پہلے بچھڑ چکا تھا۔ مائی سکینہ کی ہڈی بھی نظر آتی تھی۔ اس کے بازوؤں میں پڑی چوریاں چوڑی ہو گئی تھیں۔ چوریوں کے نیچے سے بھی ہڈی نظر آتی تھی۔ جب وہ مری تھی تو اس کے چہرے پر وہ ہڈیاں نظر آ رہی تھیں، جن کے اوپر ماس ہو تو ننھے منے گڑھے پڑتے ہیں۔

مائی سکینہ کے پاس ایک ریڈیو تھا جو سائیں ذوالفقار شہر سے لایا تھا۔ وہ ایک بار شہر گیا تھا، دوبارہ جانا چاہتا تھا لیکن کبھی جا نہیں سکا تھا۔ پچھلے سال گرمیوں میں، جن دنوں آسمان ناراض تھا، مائی سکینہ کے ریڈیو پر ایک خبر چلی تھی کہ سندھو دریا کے وطن کے آقا گندم کی بوریاں، صاف پانی کی بڑی بڑی بوتلیں اور دوائیاں صحرا کے بچوں کے لئے بیچ رہے ہیں۔ مائی سکینہ بڑی خوش ہوئی تھی۔ میں خوشی سے ناچا تھا۔ جمعہ گوٹھ میں یہ خبر سن کر ہر کوئی خوش ہوا تھا لیکن کئی خوشی سے ہی مر گئے۔ مائی سکینہ بھی ان میں سے ایک تھی۔

مائی کے مرنے کے بعد مجھے اور شمس کو کچھ دن آس پاس سے کھانے کو ملتا رہا۔ وہ بھلے لوگ اپنے حصے میں سے کچھ نہ کچھ دے دیتے۔ گندم کی بوریوں کی خبر بھی دیتے جو

بس اب پہنچنے ہی والی تھیں۔ سنا تھا پلاسٹک کے بڑے تھیلوں میں گوشت بھی آ رہا ہے۔ ان دنوں میں کھلے آسمان تلے تاروں کا تعاقب زیادہ کرنے لگا تھا۔ تارے موٹی موٹی بوٹیوں کی طرح نظر آتے، جب دور چلے جاتے تو روٹی کا روپ دھار لیتے۔ چاند کبھی روٹی کے سخت کناروں کی طرح نظر آتا اور کبھی آدھی روٹی لگتا۔ یہ کافی دن پہلے پوری روٹی کی طرح تھا۔ لیکن ایسا وقت آ پہنچا کہ پوری روٹی آتی نہ آدھی ملتی۔

کب تک کوئی تاروں کے پیچھے بھاگ سکتا ہے۔ ایک دن ہر کوئی تھک ہی جاتا ہے۔ میں بھی تھک گیا۔ شمس کو ساتھ لیا۔ ہر وہ شے جو قیمتی لگی، تھیلے میں ڈال کر ساتھ لے لی۔ میں تھیلا کندھے پر ڈالے شمس اور حسن کے درمیان امام کی طرح چلتا رہا۔ تین گوٹھوں میں ٹھہرنے کے بعد ہمارے پاس تھیلا رہا تھا نہ شمس۔ میں اور حسن پھر بھی چلتے رہے۔ راتوں کو آسمان پر تارے شمس کی طرح میرا منہ چڑاتے۔ دن کو آگ کا دیوتا آنکھیں دکھاتا۔ ہم ٹیڑھا منہ اور سرخ آنکھیں دیکھ دیکھ کر چوتھے گوٹھ پہنچے۔ یہاں لمبی ڈاڑھیوں والے کچھ لوگ روٹیاں دے رہے تھے۔ وہ لوگوں کو پانی بھی دیتے۔ ان کے پاس گوشت تھا جو تھوڑا تھوڑا سب کو ملتا۔ ہمیں بھی ملا۔ حسن اتنا کچھ دیکھ کر پاگل ہو گیا۔ اس نے معدے میں زیادہ ٹھونس لیا اور بیمار پڑ گیا۔ ڈاڑھی والے لوگوں کے پاس دوائیاں بھی تھیں۔ میں نے ان سے پوچھا۔

"کیا تمہیں سندھو دیس کے آقا نے بھیجا ہے؟" ان میں سے بڑھاپے کو گلے لگانے والے ایک شخص نے مسکراتے ہوئے کہا کہ وہ کون ہے؟ میں حیران ہو گیا کہ یہ بوڑھا ہو گیا ہے اور اسے سندھو دریا وطن کے آقا کا نہیں پتا۔ پھر میں نے اسے بتایا کہ سندھو دریا وطن کا آقا وہی ہے جس نے ہمارے لئے گندم کی ڈھیروں بوریاں، پانی کی بڑی بڑی

بوتلیں، گوشت کے تھیلے اور دوائیاں بھیجی ہیں۔ اب حیران ہونے کی اس کی باری تھی۔ میں نے اسے زیادہ دیر حیران نہیں رہنے دیا اور پوچھا۔

"تم لوگ جمعہ گوٹھ کب جاؤ گے ؟"

وہ بکھری بکھری ڈاڑھی والا بوڑھا تھوڑا پریشان ہو گیا اور پھر ایسے بولا جیسے شرمندہ ہو۔ "ہمارے پاس سامان تھوڑا ہے۔ جمعہ گوٹھ بہت دور ہے۔ دوبارہ سامان اکٹھا کر کے وہاں جائیں گے۔" مجھے تھوڑا غصہ آیا کہ تب تک تو ہمارے آقا کی گندم بھی پہنچ جائے گی۔ یہ بات میں نے اس سے نہیں کہی تھی۔ میں نے اس سے پوچھا کہ وہ کب واپس شہر جائیں گے۔ وہ جلد واپس جانے والے تھے۔ میں نے منت کی کہ مجھے اور حسن کو بھی ساتھ لے جائیں۔ انہوں نے انکار کر دیا لیکن میں نے پیچھا نہیں چھوڑا جس پر انہوں نے ہمیں کچھ روپے دے دیئے اور ایک پتا بتا دیا۔

ہمارے لیے ڈاڑھی والوں کا دیا ہوا سامان اور روپے چاند سے زیادہ چمک دار تھے، جن سے ہم کچھ دن بعد سندھو دریا وطن کے مرکز میں پہنچ گئے۔ یہاں ہم ڈاڑھی والوں کے پاس رہتے ہیں۔ میں چھوٹے موٹے کام کرتا ہوں۔ حسن قرآن پاک پڑھتا ہے۔ رہنے کے لئے جگہ ہے۔ کھانے کو ملتا ہے اور پانی بھی صاف ہوتا ہے۔ یہاں قریب ہی ایک دکان پر ٹی وی ہے جس پر ہمارا آقا نظر آتا ہے جو کہتا ہے کہ زندگی ایک تحفہ ہے۔

میں اکثر خود سے پوچھتا ہوں کہ شمس سے یہ تحفہ کس نے چھینا؟ پانی کے دیوتا کا سینہ چیر کر دل نکال لوں، جو ہم سے دور دور رہتا ہے۔ آسمان کو الزام دوں جس نے ہم پر کرم کی نظر نہیں کی یا پھر خود کو مجرم ٹھہراؤں جو چھوٹے بھائی کو سنبھال نہیں سکا۔ آقا کی گردن پکڑوں یا وڈیرے کا گریبان چاک کروں یا پھر ان سب کا پیٹ پھاڑ دوں جن کے گھر

تحائف سے بھرے پڑے ہیں؟ مجھے صحیح طرح پتا نہیں کہ کون بری الذمہ ہے۔ مجھے صرف اتنا پتا ہے کہ زندگی واقعی ایک تحفہ ہے، چاہے جیسی بھی ہو۔ یہ خدا نے دی ہے، واپسی بھی اسی کا حق ہے۔ اب میں تاروں کا تعاقب نہیں کرتا۔ خود سے یہ بھی نہیں پوچھتا کہ شہر کے لوگ گرمیوں میں جمعہ گوٹھ خیرات کرنے کیوں نہیں آتے۔ اب میں خود شہر میں رہتا ہوں۔

Ref.: penslipsmagazine.com

***

دھوبی گھاٹ

مریم عرفان

اس نے اپنے گھر میں پانچ قبریں بنا رکھی تھیں۔ بڑی قبر، اس سے چھوٹی قبر، تیسری قبر، چوتھی قبر اور آخری اس سے چھوٹی قبر، اس کے صحن میں قطار در قطار بن چکی تھیں۔ وہ روز ان کی مٹی گیلی کرتا، پھول ڈالتا، اگربتیاں جلا کر قبروں کے پیٹ میں گھونپ دیتا۔ دیے روشن کرتا اور ان کی پائینتی پر ہتھیلی ٹھوڑی کے نیچے رکھ کر گھنٹوں اکڑوں بیٹھا رہتا۔ ان سب قبروں میں پہلی قبر اس کے باپ کی تھی، دوسری اس کی ماں کی، تیسری اس کے بھائی کی، چوتھی اس کی بے وفا بیوی کی اور پانچویں اس کی محبوبہ کی قبر تھی جو ابھی تازہ تازہ ہی بنی تھی۔ باقی گھر ویرانہ تھا اگرچہ وہاں اس کی دوسری بیوی اور بچے رہتے تھے۔ روزانہ برتنوں کے ٹوٹنے اور چیخ و پکار سے اس کی ریاضت میں خلل پڑتا تھا لیکن اسے پھر بھی یہی محسوس ہوتا جیسے گھر بیابان ہے۔ اسے ہمیشہ قبرستان جانے سے خوف رہا لیکن باپ کے مرنے کے بعد جیسے یہ ڈر اڑن چھو ہو گیا ہو۔ گھر کی بغلی گلی کے ساتھ ہی برابر میں اس کے باپ کا دھوبی گھاٹ بھی تھا۔ تین طرف سے اونچی دیواروں میں گھرا ہوا کھلا سا بڑا صحن جس میں چار عدد حوض اور تین دیواری کھرے موجود تھے۔ جن کے اندر بنیان اور دھوتیاں کسے ہوئے دھوبی چھپا چھپ کپڑے دھویا کرتے تھے۔ کھروں کی دیواروں پر کپڑوں کے پٹخنے اور دھوبیوں کے منہ سے ہف ہف کی آوازیں ایک ہی سر نکالتی

تھیں۔ دھوتی، بنیان میں ملبوس اس کا باپ اپنے ہونٹوں کے کناروں میں ادھ جلا سگریٹ دبائے رکھتا تھا۔ وہ جب تک زندہ رہا دونوں میں ٹھنی رہی، شرٹ پتلون کس کر سائیکل پر سواری کے لیے نکلنا اس کے باپ کو بالکل پسند نہیں تھا۔ وہ چاہتا تھا کہ مبارک بھی اس کے آبائی پیشے کو اختیار کرے۔ "او شہری ببوا۔ چھوڑ دے کتابوں کا پیچھا۔ کل کو بھی یہی کام کرنا ہے تو ابھی کیوں نہیں؟"

مبارک سائیکل کی چین چڑھاتے ہوئے سنی ان سنی کرتا اور گلیوں بازاروں میں بگولہ بن کے اڑن چھو ہو جاتا۔ بے فکری کے دن پر لگا کر اڑ گئے دس جماعت پاس مبارک کو نوکری نہ ملی تو باپ نے اسے کان سے پکڑ کر اپنے دھوبی گھاٹ میں اتار دیا۔ "شہری بلما، ہوش میں آؤ۔ یہ تمہارے باپ دادا کا کام ہے، کاہے کی شرم۔"

"میں یہ بنیان اور دھوتی نہیں پہن سکتا۔"

"تو تمہیں جیکٹ پہنا دیں۔ ٹائی لگا دیں۔۔۔ یاد رکھو، تمہارے پر دادا انگریز سرکار کے دھوبی تھے۔ کیا ٹھاٹ باٹ تھے ان کے۔""

"واہ جی واہ! کیا ٹھاٹ باٹ تھے ان کے۔" مبارک باپ کی نقل اتارتا۔

"تو ہمیشہ رہے گا، دھوبی کا کتا، نہ گھر کا نہ گھاٹ کا۔" باپ کا سینہ دھلائی کے زور کے بجائے اس سے لڑتے ہوئے لرزنے لگتا۔

مبارک منہ چڑاتا ہوا باہر نکل جاتا۔ اس کے دل کی میل کو سفیدی میں بدلنے کے لیے کوئی دھوبی پٹڑا کام نہ آ سکا۔ اس کی اک اپنی دنیا تھی، خوابوں کا در وا ہوتا تو ایک انجانی حسینہ اس کا ہاتھ تھامے گول گول گھومتی رہتی۔ خواب نگر کا شہزادہ خوش تھا اس کا ٹرنک رنگ برنگی شرٹوں اور پتلونوں سے بھرا ہوا تھا۔ چیک والی پتلونیں اور سادہ شرٹیں پہن کر خود کو آئینے میں دیکھتا تو ہاتھ نچا نچا کر ڈائیلاگ مارنے لگتا۔ اس دھوبی گھاٹ کی وجہ

سے اسے اپنے باپ سے نفرت

ہو گئی تھی۔ بغاوت کا مادہ پہلے سے ہی اس کے دل میں تھا پھر آہستہ آہستہ اس میں زہریلا مواد جمع ہونے لگا۔ "شہر میں اب ہر جگہ ڈرائی کلینرز کھل گئے ہیں۔ میری مانو تو یہ چھوڑو اور یہاں بھی کوئی بڑی مشین رکھ لو۔" مبارک اپنے باپ کو قائل کرنے کی ناکام کوششیں کرتا رہتا۔

بغاوت کے اس دور میں اس کی آوارہ گردی بھی بڑھتی جا رہی تھی۔ وہ اپنے باپ کو سبق سکھانے کے لیے کچھ برا کرنا چاہتا تھا۔ پھر اس نے ایسا کر دکھایا اور ایک دن چپکے سے تنگ کپڑوں میں لپٹی لڑکی کو لیے گھر میں داخل ہو گیا۔ حوض کے گیلے کنارے بھی ساکت تھے جب دھوتی کے کنارے موڑتے ہوئے اس کے باپ نے ادھ جلے سگریٹ کو اس کے منہ پر تھوک دیا۔ کپڑے دھونے والا موٹا ڈنڈا اس کی کمر پر تڑاتڑ برس رہا تھا۔ اگر اس دن ماں اور چھوٹا بھائی آگے نہ آتے تو شہری بابو کی دھجیاں اڑ جاتیں۔ اس کا باپ ہانپتے ہوئے چارپائی پر ڈھے گیا اور تنگ لباس والی دوشیزہ اس کے کمرے میں منتقل کر دی گئی۔ مبارک کو باپ سے نفرت کرنے کا جواز مل گیا تھا جو زیادہ دیر قائم نہ رہ سکا۔ شہری بابو سارا دن سائیکل پر آوارہ گردی کرتے ہوئے گھر آتا جہاں اس کی بیوی پلنگ پر کروٹ بدل کر سوئی ہوئی ملتی۔ اس کی شادی کے بعد باپ کو چپ لگ گئی وہ مبارک کے ساتھ گونگے بہروں کی طرح گفتگو کرنے لگا تھا پھر ایک دن اچانک حوض پر کپڑا مارتے ہوئے اس کے منہ سے نکلنے والی ہف کی آواز چیخ میں بدل گئی۔ ہسپتال جانے سے پہلے ہی وہ مبارک کے بازوؤں میں ٹھنڈا ہو گیا۔ اس نے باپ کی آنکھیں بند کیں تو ٹھنڈے ٹھار گیلے جسم سے سوڈے کی اٹھتی ہوئی مہک اس کے نتھنوں کو چیرتی چلی گئی۔ اس کے بازوؤں میں محبت ہی محبت بھری تھی جسے وہ نفرت سمجھ کر پال رہا تھا۔ باپ کو دفنا کر گھر آیا تو دھوبی گھاٹ چپ

تھا جہاں بس مینڈک ٹرٹر کر رہے تھے۔ اس نے نیم بے ہوشی کے عالم میں ایک قبر صحن میں بنالی اور مجاور بن کر بیٹھ گیا۔

ماں اپنی بیوگی کے دن کاٹ رہی تھی اور بھائی اپنے باپ کے کام کو چلا رہا تھا۔ مبارک کی سائیکل اس کی آوارہ گردیوں کی ساتھی بن گئی اور واپسی پر تنگ کپڑوں میں پھنسی رہنے والی لڑکی اب عورت بن کر اسے کھسوٹنے لگی تھی۔ مبارک کو رہ رہ کر خیال ستانے لگتا کہ اس کا باپ شاید اس کی وجہ سے ہی دنیا سے گیا ہے۔ چھوٹے پر بھی جوانی خوب مہربان ہوئی تھی وہ اسے دھوتی بنیان پہنے ہوئے محسوس ہوتا جیسے باپ اس کے جسم میں کروٹ لے کر اٹھ بیٹھا ہو۔

"ویرے، تیرے ہنسنے کھیلنے کے دن ہے۔ کملیا چل آ بسنتی میلے۔" مبارک مستی کی دھن بجاتا۔ گیلے کپڑے چھٹکتا ویرا ہنستے ہوئے اس کی بات کو بھی تار پر ڈال دیتا۔ ماں کی انگلیاں اس کے سر پر تیل کی مالش کرتے ہوئے گھومتی رہتیں اور آنکھیں بند کیے اسے لگتا جیسے کسی پہاڑی راستے پر سائیکل چلا رہا ہو۔ نیچے کھائی کا خوف اس پر حاوی ہونے لگتا تو وہ منہ موڑ کر ماں کے سینے سے چمٹ جاتا۔ "چل نکمیا، بدذاتا۔" ماں کے بوسے جھولی میں پڑے اس کے منہ پر پٹاخ پٹاخ پڑتے جیسے بارش کے موٹے موٹے قطرے صحن میں گرتے ہوں۔

مبارک کے لیے یہ خوشی بھی عارضی رہی، ماں کو شہر ہسپتال لے کر جاتے ہوئے ٹرالی کی ٹکر نے دونوں کے پرخچے اڑا دیے۔ موٹر سائیکل کی ٹینکی ہی نہیں پھٹی بلکہ ان کی بھی بوٹی بوٹی سڑک پر پڑی تھی۔ مبارک نے کانپتے ہاتھوں سے ان کے جسموں کے ٹکڑے اٹھائے اور باپ کے ساتھ جا کر دفنا دیے۔ دل کی طرح صحن بھی خاموش تھا۔ قبرستان میں دو قبریں باپ کے دائیں بائیں تھیں جبکہ صحن میں برابر کھود دی گئیں۔ جوان

جسم کو چارپائی پر دیکھ کر اس کے ہاتھ پاؤں سن ہو چلے تھے۔ وہ بار بار گورکن کو کہتا: "بھائی! قبر چھوٹی نہ پڑ جائے۔ چھے فٹا ویرا ہے میرا"

"خود لیٹ کر ناپ دوں قبر۔ تیری تو تسلی ہو۔" گورکن نے منہ نیچے کر کے بڑبڑ کی۔

مبارک کو لگا جیسے ایک قبر اس کی بھی تیار ہو گئی ہو، دل کی دھڑکن

سیدھی ہوتی چلی جاتیں۔ گاہکوں کے شور سے بے قابو ہوئی جاتی تھی۔ اسے آس پاس باتیں کرتے لوگ زہر لگ رہے تھے۔ اس رات تیز بارش ہوئی، وہ بار بار کھڑکی سے باہر جھانکتا کہیں صحن میں بنی دو تازہ قبریں ڈھے نہ جائیں۔ تین قبریں اس کے سر سے گھنے بال اڑا لے گئیں اس کا ماتھا مزید کشادہ ہو گیا۔ اس کے ہاتھوں کی انگلیاں لرزش کا شکار رہنے لگی تھیں۔ اب اس سے سائیکل بھی نہیں چلتی تھی وہ بار بار گھنٹی دباتا اور کام والا تھیلا چارپائی پر پھینک کر ویہڑے میں قبروں کے پاس بیٹھ جاتا۔ گھر کی واحد عورت مبارک کی رونی شکل دیکھ دیکھ کر ادبدا گئی تھی وہ روز اسے قبرستان سے ہاتھ پکڑے کھینچتے ہوئے گھر لاتی۔ چیختی چلاتی، چیزیں اٹھا اٹھا کر پھینکتی اور وہ گونگے بہرے شخص کی طرح نظریں ایک ہی نقطے پر مرکوز کیے ہوئے سو جاتا۔

"تم روز انھیں روتے ہو۔ تم بھی ان کے ساتھ مر کیوں نہیں جاتے۔" تنگ لباس جامے سے باہر ہونے لگتا۔

"یہ قبریں جل کیوں نہیں جاتیں۔ اس صحن میں آخر ہے کیا؟ کیوں چوکڑی مار کر بیٹھ جاتے ہو۔ آگ لگ جائے تمہیں بھی۔" وہ آسمان کی طرف ہاتھ اٹھا کر دعا مانگتی اور مبارک دل ہی دل میں آمین کہتا چلا جاتا۔ دھوبی گھاٹ خود ہی بند ہو گیا تھا اور اس نے قصبے کے بازار میں اک چھوٹی دکان کرایے پر لے لی تھی۔ چوڑے پھٹے پر دری اور چادر بچھائے وہ کوئلوں والی استری، وتر لگے ہوئے کپڑوں پر پھیرتا۔ جیسے جیسے کریزیں بیٹھتیں

اس کی ذہنی پریشانیاں بھی میں اس کے اندر کا حبس کچھ دیر کے لیے ٹوٹ جاتا۔ پھر گرلز ہاسٹل کی تسلیمہ اس کی زندگی میں آگئی۔ اس کی آمد بہار کے جھونکے کی طرح تھی، وہ اس کے ساتھ رنگوں، خوشبوؤں اور کتابوں کی باتیں کرتی۔ مبارک سپاٹ چہرہ لیے قمیضوں کی کریزیں سیدھی کرتا رہتا۔ پھر آہستہ آہستہ دونوں کا دل ملنے لگا، مبارک کو تسلیمہ کا زندگی میں آنا اچھا لگا تھا۔ وہ ہر بار اس سے اپنے باپ، ماں اور بھائی کی باتیں کرتا اور وہ سٹول پر بیٹھی پورے انہماک سے سنتی۔ پھر ایک دن بولتے بولتے وہ اس کی سائیکل کے پیچھے سٹینڈ پر بیٹھی اور غائب ہوگئی۔ دونوں دنیا میں موجود تھے لیکن نظروں سے اوجھل ہوئے پھرتے تھے۔

گھر میں بیٹھی عورت بھیڑ بکری کی طرح ایک ہی تنے سے بندھی ہوئی تھک گئی تھی۔ پھر ایک دن اس نے بھی مبارک کی رونی شکل دیکھ کر تنے سے رسا تڑوالیا۔ وہ جس طرح تنگ کپڑوں میں لپٹی آئی تھی ویسے ہی تنگ جامے میں واپس لوٹ گئی۔ اس کے صحن میں ایک بار پھر جنازہ پڑا تھا مبارک نے قبر کھودی اور تنگ لباس والی کو اس میں پھینک کر مٹی ڈال دی۔ اس کے لیے عورت کی بے وفائی ان میلے کپڑوں کی طرح تھی جنہیں اس کا باپ حوض کے کناروں پر پٹخ کر مارتا تھا۔ خوب سوڈا ڈال کر جھاگ بناتا اور میلے کپڑوں کی ڈبکی لگ جاتی۔ اس کی عورت بھی میل بن کر بہہ چکی تھی۔ مبارک نے سات سال اس کی قربت میں گزارے تھے اس لیے اس کی قبر پر بھی دیا جلانا فرض ہوگیا تھا۔

تسلیمہ اس ماتمی ماحول میں نغمہ جاوداں بن کر آئی۔ چمڑے کا بیگ اور کالے شیشوں والی عینک لگائے وہ اس کی سائیکل کے پیچھے بیٹھتے ہی گپیں ہانکنے لگتی۔ "سنو! تم مجھے مت چاہو۔ میں تمہیں چاہتی رہوں گی۔ تم ملو یا نہ ملو۔" یہ جملہ سنتے ہی مبارک کی کنپٹیاں سفید

ہو جاتیں اور وہ اپنے پیلے دانتوں کو چھپانے کی کوشش میں سگریٹ سلگا لیتا۔ پھر اچانک اسے اپنے دونوں لڑکے یاد آجاتے تو وہ تسلیمہ کو بیچ راستے میں ہی چھوڑ کر سرپٹ سائیکل دوڑاتا ہوا نکل جاتا۔ لڑکے اپنی ماں کی بے وفائی کے پھانسی گھاٹ پر چڑھ چکے تھے۔ ان کے باپ نے مکان کو جناز گاہ بنا ڈالا تھا اور وہ اس کے دروازے کے باہر سیڑھیوں پر بیٹھے اس کا انتظار کرتے رہتے۔ اس کے گھر کو عورت کی ضرورت تھی تو اس نے ایک دن ہمت باندھ ہی لی۔

"تسلیمہ، مجھ سے شادی کر لو۔" مبارک نے جلدی سے استری آستین پر چڑھائی۔

"بھلا کسی لاش کے ساتھ بھی رہا جا سکتا ہے۔"

"تو کیا میں لاش ہوں؟"

"نہیں میں نے اپنی بات کی ہے۔۔۔ اچھا دیکھو کل سے ہم نہیں ملیں گے۔ ہاسٹل بھی بند ہونے والا ہے شاید مجھے واپس گھر جانا پڑے۔"

تو کیا تم اتنی جلدی چلی جاؤ گی۔" گرم گرم استری مبارک کی ہتھیلی کو سرخ کر گئی۔

"ہاں کل بھی جانا ہے تو کیوں نہ آج سہی۔۔۔ سنو مجھے بھولنا مت۔" اس کی آنکھیں پانیوں سے بھری ہوئی تھیں۔ مبارک نے کوئلوں والی استری پر پانی کے چھینٹے مار کر خود کو ٹھنڈا کرنے کی کوشش کی۔ وہ اسے بھول بھی کیسے سکتا تھا، جس کی وجہ سے اس کی سائیکل کا ردھم برقرار تھا وہ یوں اچانک اسے چھوڑ جائے گی اس نے سوچا بھی نہیں تھا۔ "گشتی۔" گالی دینے کے باوجود وہ اس سے نفرت نہ کر سکا۔ جب اسے یقین ہو گیا کہ تسلیمہ کی روح بھی پرواز کر چکی ہے تو اس نے صحن میں قبر کھود کر اسے اندر لٹا دیا۔ جو اسے زندگی کی طرف لوٹ کر لائی تھی ایک بار پھر پھینک کر چلی گئی۔

کھلے گھیر والے کپڑے پہنے ایک نئی عورت اس کے دروازے سے لگی کھڑی تھی

جس نے ٹرن ٹرن کی آواز سنتے ہی دونوں پٹ کھول کر اس کی سائیکل کو راستہ دیا۔ مبارک نے دونوں لڑکوں کے دھلے دھلائے چہرے اور صاف کپڑے دیکھ کر سکون کا سانس لیا۔ نئی عورت چولہا جلا کر توا اوپر رکھ چکی تھی، دونوں لڑکے چارپائی پر بیٹھے ہاتھوں سے کوئی کھیل، کھیل رہے تھے۔ مبارک منہ دھو کر صحن میں چکر لگانے لگا۔ اس نے بغل والی گلی میں گھپ اندھیرے کو محسوس کرتے ہوئے ویران دھوبی گھاٹ پر آخری نظر ڈالی۔ "دھوبی کا کتا، گھر کا نہ گھاٹ کا۔" اسے ویرانے میں باپ کی آواز سنائی دی۔ دھوبی گھاٹ کے حوض کائی سے بھر چکے تھے، ٹھہرے ہوئے پانی کی بو نے چاروں طرف گھیرا ڈال رکھا تھا۔

صحن میں کھدی پانچوں قبریں خاموش تھیں اور وہ سوچ رہا تھا کس کچی قبر کو پکا کروائے۔ وہ ایک قبر کی مٹی پر ہاتھ پھیرتا تو دوسری کسمسانے لگتی۔ تیسری کو چھوتا تو چوتھی اپنی طرف کھینچ لیتی۔ پانچویں قبر اس کی لرزتی انگلیوں کو اپنے بوجھ تلے دباتی چلی جاتی۔ پھر اس سال انہونی ہوگئی، برسات کی جھڑی ایسی لگی کہ تھمنے کا نام نہیں لیا۔ روز ہی بدلیاں ٹکڑوں کی صورت میں آتیں اور خوب برستیں۔ پانی کی سطح اوپر ہونے لگی تھی، قصبے کی مسجدوں میں اعلان ہونے لگے۔ چناب کی طنابیں ٹوٹ چکی تھیں، پچاس کلومیٹر دور سے ہی "ہڑ آگیا، ہڑ آگیا" کا شور سنائی دے رہا تھا۔ لوگ اپنے کندھوں پر چارپائیاں اور برتن اٹھائے دوڑ چکے تھے۔ مبارک کے کان سیلاب کی گونج دار آواز کے ملبے تلے دب گئے۔ "میں گھر نہیں چھوڑ سکتا۔ قبریں ڈوب جائیں گی۔ ابھی تو پکا کرانا تھا انہیں۔'

بیوی اور بیٹوں نے اسے دھکیل کر مکان سے باہر نکالا۔ عقب سے پانی کا بڑا ریلا منہ کھولے دوڑا چلا آرہا تھا، مویشی اور سامان اس ریلے کی بانہوں میں بے بس پھسل رہے

تھے۔ مبارک کی آنکھیں طاق پر رکھے دیے بن گئیں، قصبے سے باہر لگا خیمہ اس کی قبر تھا۔ پانی اترنے میں پانچ دن لگے، مبارک دوڑتا ہوا آگے بڑھ رہا تھا، ہر طرف ویرانی ہی ویرانی تھی۔ کچھ پکے مکان اپنا رنگ ڈھنگ کھو چکے تھے۔ کچے مکان نشان کی طرح قریب سے دکھائی دیتے تھے اور کہیں کیچڑ ہی کیچڑ تھا۔ اس کے پاؤں دلدلی مٹی میں دھنستے جارہے تھے۔

وہ دیوانوں کی طرح گھر کی طرف بڑھا لیکن وہاں دو کچی دیواروں سے جھولتا ہوا دروازہ کھلا ملا۔ ٹوٹی ہوئی چارپائیاں اور زنگ آلود سائیکل ڈیوڑھی میں پڑی تھیں۔ برساتی ریلے کی مخصوص بو اس کے نتھنوں سے ٹکرائی۔ مبارک نے ڈرتے ڈرتے قدم آگے بڑھائے، بغلی دیوار کے پار دھوبی گھاٹ غائب تھا۔ آگے بڑھتے ہی صحن کے کچے فرش میں راستہ بن گیا اور پانچوں قبریں اسے دیکھ کر بین ڈالنے لگیں۔ وہ پائنتی پہ کھڑا اس فکر میں مبتلا تھا کہ ان پانچوں میں سے کس قبر کو پکا کروانا ہے۔

Ref.: penslipsmagazine.com

***

کاٹھ کا گھوڑا

رتن سنگھ

اس وقت بندو کا ٹھیلہ تو ٹھیلہ، خود بندو ایسا بے جان کاٹھ کا گھوڑا بن کر رہ گیا ہے جو اپنے آپ نہ ہل سکتا ہے نہ ڈول سکتا ہے، نہ آگے بڑھ سکتا ہے۔ اسی لیے، بندو کی ہی وجہ سے اندھیر دیو کے تنگ بازار میں راستہ قریب قریب بند ہو کر رہ گیا ہے۔ ضرورت سے زیادہ بوجھ سے لدا ہوا بندو کا ٹھیلہ سڑک پر چڑھائی ہونے کی وجہ سے رک سا گیا ہے۔ رہ رہ کر اگر چلتا بھی ہے تو جوں کی رفتار سے رینگتا ہے، اور پھر کھڑا ہو جاتا ہے۔ اس کے پیچھے کاریں، ٹرک، بسیں، موٹر سائیکل، اسکوٹر غرض یہ کہ سبھی تیز رفتار گاڑیوں کی لمبی قطار ٹھہر سی گئی ہے اور انہی کے بیچ میں تانگے اور رکشے بھی پھنسے ہوئے ہیں۔

ان گاڑیوں میں بیٹھے ہوئے ہیں وزیر، ملک کے بڑے بڑے کارخانے دار، کاروباری سیٹھ، دفتروں کے افسر، دوکاندار، وردیوں والے فوجی اور پولس والے، سفید کالروں والے بابو، عام آدمی، سودا سلف خریدنے کے لیے گھروں سے نکلی عورتیں، اسکولوں اور کالجوں کے بچے، ڈاکٹر، نرس، انجینئر سبھی کے سبھی ٹھہر گئے ہیں۔ لگتا ہے جیسے بندو کی سست رفتاری کی وجہ سے سارے بازار، سارے شہر، بلکہ ایک طرح سے کہا جائے تو سارے ملک، ساری دنیا کی رفتار دھیمی پڑ گئی ہے۔

یوں تو وزیر اپنی کار میں بیٹھا کچھ لوگوں سے گفتگو کر رہا ہے لیکن بے چینی سے بار بار

گھڑی دیکھ رہا ہے کیونکہ کسی غیر ملکی وفد سے ملنے کا وقت قریب آرہا ہے۔ اس کی سمجھ میں یہ نہیں آرہا ہے کہ آگے سے راستہ اس طرح بند کیوں ہو گیا ہے۔ اس کا ڈرائیور گھبرایا ہوا بار بار کار سے اترتا ہے، کچھ دور جاکر دیکھ کر آتا ہے اور پھر مایوس ہو کر گاڑی میں بیٹھا انتظار کرنے لگتا ہے۔ وہ لوگ جو کار میں بیٹھے وزیر سے باتیں کر رہے ہیں، دل ہی دل میں خوش ہیں کہ راستہ بند ہونے کی وجہ سے کار کھڑی ہے اور انہیں وزیر کے سامنے اپنی بات رکھنے کا پورا پورا موقعہ مل رہا ہے۔ کارخانے دار اور کاروباری سیٹھ البتہ اپنی کاروں کی گدیوں پر بیٹھے بے چین ہو رہے ہیں۔ ان کے لیے ہر بیتتے ہوئے پل کے معنی ہیں لاکھوں کا گھاٹا۔

ریلوے کا ایک ڈرائیور بار بار اپنی سائیکل کا اگلا پہیہ اٹھا اٹھا کر پٹک رہا ہے۔ پریشانی کی وجہ سے اس کے ماتھے پر پسینہ آرہا ہے، کیونکہ جس گاڑی کو لے کر اسے جانا ہے، اس کے چھوٹنے کا وقت ہو چکا ہے اور وہ یہاں راستے میں قید ہو کر رہ گیا ہے۔ اسکولوں اور کالجوں کے زیادہ تر بچے خوش ہیں۔ جتنے پیریڈ نکل جائیں اتنا ہی اچھا ہے لیکن کچھ ایک کو افسوس بھی ہے کہ ان کی پڑھائی پیچھے رہ جائے گی۔ اسی طرح سر پر لوہے کی ٹوپی پہنے ہوئے فوجی بار بار موٹر سائیکل کا ہارن بجا رہا ہے۔ لیکن آگے نہیں بڑھ پا رہا ہے۔ وہ جانتا ہے کہ اگر دفتر پہنچنے میں دیر ہو گئی تو اس کا کمانڈنٹ آفیسر چالیس کلو کا وزن پیٹھ پر لدوا کر دس کلو میٹر کا روڈ مارچ کروا دے گا۔

لیکن بندوا ان سب سے بے خبر ہے۔ بے نیاز ہے۔

آج اس سے ٹھیلہ کھینچ بھی نہیں پا رہا۔ ایک تو سیٹھ کے بچے نے زیادہ بوجھ لاد دیا ہے۔ دوسرے اس کے ٹھیلے کا دھرا جام ہو رہا ہے۔ تیسرے خاموش سی چڑھائی کا راستہ ہے اور چوتھے یہ کہ اس کا من ہی نہیں ہو رہا ہے ٹھیلہ کھینچنے کا۔ وہی کاٹھ کے گھوڑے والی

بات ہو رہی ہے، جو اپنے آپ سرک نہیں سکتا۔ جب کبھی اس کا من اداس ہوتا ہے تو اس کی کیفیت اس کاٹھ کے گھوڑے جیسی ہو جاتی ہے جسے وہ بچپن میں ایک میلے سے خرید کر بڑا دکھی ہوا تھا۔

کاٹھ کا رنگین گھوڑا لے کر جب وہ بڑے فخر سے گلی کے بچوں کے بیچ گیا تو اس نے دیکھا کہ کسی کے پاس چابی والی موٹر تھی جو گھوں گھوں کرتی ہوئی تیز بھاگتی تھی اور کسی کے پاس ریل گاڑی تھی، انجن سمیت اپنے آپ چلنے والی گاڑی۔ جن کے پاس ایسے دوڑنے والے کھلونے نہیں تھے ان کے پاس لتی کے سہارے گھومنے والے رنگین لٹو تھے۔ تیزی سے گھومتے ہوئے وہ ایسے لگتے تھے جیسے وہ سارے میدان کو اپنے گھیرے میں لے رہے ہوں۔ ان کھلونوں کے سامنے اس کا کاٹھ کا گھوڑا ساکت بے جان تھا۔

ویسے بچوں کے سامنے کھیلتے ہوئے اس نے بھی اپنے گھوڑے کو ٹانگوں کے بیچ پھنسا کر دوڑنے کا سوانگ کیا تھا لیکن دل ہی دل میں وہ جانتا تھا کہ اس کا کھلونا دوسروں کے کھلونے کے سامنے بے کار اور بے معنی ہے۔ اسی لیے گھر آکر اس نے کاٹھ کے گھوڑے کو چولہے کی آگ میں جھونک دیا تھا۔ لیکن جلنے کے باوجود جیسے وہ بے جان کاٹھ کا گھوڑا اس کی شخصیت کے ساتھ چپک کر رہ گیا تھا۔ کیونکہ ہوا یہ تھا کہ گلی کے وہی بچے جو اس کے ساتھ کھیلا کرتے تھے، ان میں سے کوئی پڑھ لکھ کر منیم بن گیا تھا تو کوئی وکیل، کوئی اسکول کا ماسٹر ہو گیا تھا تو کوئی بڑا افسر۔ اور اس کے برعکس بندو وہی کاٹھ کا گھوڑا ہی رہ گیا۔ باپ ٹھیلہ چلاتا تھا تو وہ بھی ٹھیلہ ہی کھینچ رہا ہے۔

وہ اکثر سوچتا ہے کہ ایسا کیوں ہوا؟ کیسے ہوا کہ ایک ہی گلی میں رہتے ہوئے باقی لوگ آگے بڑھ گئے اور وہ پیچھے رہ گیا۔ ایسا کیوں کر ہو گیا؟ لیکن وہ سوچے بھی تو کیا؟ کاٹھ کا گھوڑا بھلا سوچ ہی کیا سکتا ہے؟

لیکن آج وہی کاٹھ کا گھوڑا یہی سوچ کر اداس ہو رہا ہے کہ اس کے آٹھ نو سال کے لڑکے چندو نے محض اس لیے اسکول جانا بند کر دیا ہے کہ وہ اس کے لیے ضرورت کی چیزیں جٹا نہیں پاتا۔ جب میں اپنی زندگی کی گاڑی ٹھیک سے نہیں کھینچ پاتا تو پھر اس ٹھیلے کے بوجھ کو کیوں کھینچوں؟ بندو سوچ رہا ہے۔ اس کا دل کیا کہ ٹھیلہ جو پہلے ہی سرک نہیں پا رہا ہے اسے چھوڑ چھاڑ کر الگ کھڑا ہو جاؤں۔ اس کی ہمت پہلے ہی جواب دے رہی ہے۔ رہ رہ کر اس کے دل میں خیال اٹھ رہے ہیں کہ ایک دن اس کے چندو کو بھی اسی طرح ٹھیلے کے بوجھ کو کھینچنا پڑے گا۔ اور اس خیال کے ساتھ اسے اپنی جان ٹوٹتی ہوئی سی محسوس ہو رہی ہے اور اس کے لیے ایک ایک قدم اٹھانا بھی دشوار ہو رہا ہے۔

لیکن اس کے پیچھے جو لوگ کھڑے ہیں وہ اتاولے ہو رہے ہیں۔ کھیج رہے ہیں۔ بار بار ہارن بجار کر اپنے غصے کا اظہار کر رہے ہیں۔ ان میں سے ایک اس کے پاس آیا اور بولا، "بھیا جلدی کرو۔ تمہارے پیچھے پوری دنیار کی پڑی ہے۔ اٹکی پڑی ہے۔"

"اٹکی ہے تو اٹکی رہے"۔ بندو جھنجھلا کر بولا۔ "جو لوگ تیز جانا چاہتے ہیں ان سے کہو کہ میرے پیروں میں بھی پہیے لگوا دیں۔"

"بات تو ٹھیک کہتا ہے۔" کسی نے کہا۔ "یہ کیسے ہو سکتا ہے کہ کچھ لوگ اتنے تیز ہو جائیں کہ وہ ہوا سے باتیں کرنے لگیں اور کچھ کو اتنا مجبور کر دیا جائے کہ ان کے لیے ایک قدم اٹھانا بھی دشوار ہو جائے۔"

یہ سب باتیں گاڑیوں کے ہارن کی آوازوں اور لوگوں کے شور میں دبی جا رہی ہیں۔ کاٹھ کے گھوڑے میں قدم اٹھانے کی ہمت نہیں۔ وہ آگے نہیں بڑھ پا رہا۔ اور اس کے پیچھے بھیڑ میں وہ وزیر رکا ہوا ہے جسے کسی غیر ملکی وفد سے وقت مقررہ پر بات کرنا ہے، وہ ڈرائیور اٹکا ہوا ہے، جسے ملک کے کسی دوسرے شہر کی طرف ریل گاڑی لے کر جانا ہے،

اسکول کے وہ بچے رکے ہوئے ہیں جو کل کے مالک ہوں گے۔ ڈاکٹر، نرس، انجینئر سب کے قدم بندھ کر رہ گئے ہیں۔

اور بندو کاٹھ کا گھوڑا بنا اندھیر دیو کے بازار میں اپنے ٹھیلے کے ساتھ کھڑا ہو گیا ہے۔ اس کے پاؤں میں حرکت آئے تو زندگی آگے بڑھے۔

Ref.: urduchannel.in

***

چوّنی

رضوان الحق

دوپہر میں سوتے سوتے اچانک طالب صاحب کی آنکھ کھلی تو ان پر دیر تک اسی خواب کا تصرف رہا جو انھوں نے سوتے میں دیکھا تھا۔ اس خواب میں ان کے ماضی کے کئی حسین در وا ہو گئے تھے۔ جب اس خواب کا تصرف کچھ کم ہوا تو وہ اپنی پرانی چیزوں میں کچھ تلاش کرنے لگے۔ آج برسوں بعد انھوں نے الماری کے اس خانے کو کھولا تھا۔ اس میں ان کی کئی یادگار چیزیں، مثلاً تعلیمی اسناد، دوستوں کے دیے ہوئے کچھ تحفے، داغ فرقت دے چکی بیوی کی کچھ تصویریں اور ایک معشوق کے چند خطوط وغیرہ تھے۔ بڑی دیر تک وہ انہیں چیزوں کو دیکھتے رہے۔ اچانک انھیں الماری میں چار آنے کا ایک سکّہ پڑا مل گیا۔ انھوں نے سوچا ان پرانی اور دنیا کے لئے بے کار ہو چکی چیزوں میں یہ سکّہ رائج الوقت کہاں سے آ گیا؟ اور انھوں نے اسے اٹھا کر اپنی جیب میں رکھ لیا۔ اس کے بعد ایک بار پھر وہ پورے انہماک سے انہیں اسباب میں محو ہو گئے۔ کچھ دیر بعد ان کے پوتے لطیف نے آ کر کہا۔

"دادا جی! مجھے پیسے دے دیجئے، چاکلیٹ لوں گا۔"

"انھوں نے دو روپے نکال کر اسے دیے اور وہ روپئے لے کر جانے لگا کہ اچانک انھیں چار آنے کا وہ سکّہ بھی یاد آیا اور اسے نکال کر وہ بولے۔

"بیٹے لطیف، لو یہ بھی رکھ لو۔"

لطیف نے پہلے تو ہاتھ بڑھا کر سکّہ لے لیا لیکن جب اس نے دیکھا وہ سکّہ چار آنے کا ہے، تو اسے واپس کرتے ہوئے بولا۔

"دادا جی، اس کا کیا کروں؟ اب چار آنے کا کچھ نہیں ملتا، اسے تو آپ ہی رکھ لیجئے۔"

"یہ کہہ کر وہ سکّہ اپنے دادا کے ہاتھ میں دے کر باہر چلا گیا۔ طالب صاحب حیران کھڑے کبھی چونی اور کبھی اپنے پوتے کو دیکھتے رہ گئے۔ پھر انھوں نے سکّے کو اپنی جیب میں واپس رکھ لیا۔

طالب صاحب چار آنے کی معنویت کے بارے میں سوچنے لگے۔ انھیں محسوس ہوا لطیف نے جس طرح چونی لینے سے انکار کیا ہے، یہ بد تمیزی ہے۔ نہیں تو چار آنے ابھی اتنے بے وقعت نہیں ہوئے ہیں۔ کچھ دیر تک وہ چار آنے کے بارے میں سوچتے رہے۔ انھیں محسوس ہوا یہ چار آنے اپنے پاس رکھنا ٹھیک نہیں ہے اور وہ اسے خرچ کرنے کی غرض سے گھر سے باہر نکل پڑے۔

باہر نکل کر انھوں نے سب سے پہلے پھل خریدے جو دس روپے کے ہوئے۔ جیب سے پیسے نکالے تو چار آنے کا وہ سکّہ بھی نکل آیا جسے بڑی بے دلی سے انھوں نے جیب میں واپس رکھا۔ اس کے بعد ایک چھوٹے سے ہوٹل میں جا کر چائے پی، جس کے تین روپے ہوئے۔ وہاں بھی بات نہیں بنی، تھوڑی دور چلنے پر ایک پان کی دکان نظر آئی۔ انھوں نے سوچا چلو پان کھاتا ہوں، ممکن ہے اب پان ایک روپیہ پچیس پیسہ کا ہو گیا ہو تو چونی دے دوں گا۔ پان کھانے کے بعد جب انھوں نے قیمت پوچھی تو اس نے دو روپے بتائی۔ طالب صاحب نے پیسے نکالے تو چار آنے کا وہ سکّہ پھر نکل آیا اور انھوں نے جھنجلا کر اسے جیب میں پھر واپس رکھ لیا۔ پان کھانے کے بعد انھیں یاد آیا کہ ایک سگریٹ ایک روپیہ پچیس

پیسے کی ملتی ہے- اس لیے دکان دار سے سگریٹ دینے کو کہا اور ایک روپیہ پچیس پیسے نکال کر اسے دینے لگے تو دکان دار نے کہا-

"دو روپے ہوئے صاحب-"

"یہ سنتے ہی انھیں لگا جیسے چونی کا وہ سکّہ بچھو بن کر ڈسنے جا رہا ہو- انھوں نے اسے ہاتھ سے جھٹک دیا اور دو روپے دکان دار کو دے دیے- اس کے بعد کچھ سوچ کر چار آنے کے اس سکے کو پھر تلاش کر کے جیب میں رکھ لیا اور گھر واپس آ گئے- اگلے کئی روز تک وہ چونی خرچ کرنے کے ارادے سے گھر سے نکلتے لیکن ناکام ہو کر لوٹ آتے- چار آنے کا وہ سکّہ انھیں ہر وقت بے چین کیے رہتا اور گھر میں بیٹھنے نہ دیتا- انھیں کچھ ایسا محسوس ہو رہا تھا جیسے چار آنے کے اس سکّے پر آسیب سا آ گیا ہو- اس لیے وہ سوچ رہے تھے اسے جلد سے جلد خرچ کر ڈالنے میں ہی عافیت ہے- وہ گھر سے نہ جانے کیا کیا منصوبے بنا کر نکلتے، کہ اس مد میں خرچ کر دونگا اور اگر اس میں نہ بھی خرچ ہو سکے تو اس مد میں ضرور ہی خرچ ہو جائیں گے لیکن وہ چار آنے خرچ نہ ہو سکے، اس چونی کو خرچ کرنے کی کوشش میں انھوں نے نہ جانے کتنے روپیے خرچ کر دیے-

ایک دن وہ بہت اداس بیٹھے چار آنے کے بارے میں سوچ رہے تھے کہ اچانک انھیں خیال آیا، میں پچھلے کئی دنوں سے اتنا پریشان ہوں لیکن میرے بیٹے یا بہو نے میری خیریت تک نہیں پوچھی اور اب تو لطیف بھی مجھ میں کوئی دلچسپی نہیں لیتا- اب بیٹا تجارت کے سلسلے میں بھی مجھ سے کبھی مشورہ نہیں لیتا- سب کچھ اپنی مرضی سے کرتا ہے- کیا اب اس کے دل میں میری اہمیت نہیں رہی؟ کیا میں بے معنی ہو چکا ہوں اور شاید ان پر بوجھ بھی- یہ سوچ سوچ کر ان کا دل گھبرانے لگا- جب ان کی پریشانی زیادہ بڑھنے لگی تو انھوں نے اس طرف سے اپنا دھیان ہٹانے کے لیے لطیف کو پکارا-

"بیٹا لطیف!"

لطیف باہر سے دوڑتا ہوا اندر آیا۔

"جی، دادا جی۔"

"کیا کر رہے تھے؟"

"باہر کھیل رہا تھا۔"

"چلو میں بھی تمہارے ساتھ کھیلتا ہوں۔"

"ہاہا۔۔۔ہاہا۔۔۔ہی ہی۔"

لطیف نے بہت تیز قہقہہ لگایا۔ طالب صاحب حیران و پریشان ہو گئے کہ اس میں اتنی تیز ہنسنے کی کیا بات ہے؟ آخر کار ان سے رہا نہ گیا اور انھوں نے پوچھا۔

"کیا ہوا؟ اتنی زور سے ہنس کیوں رہے ہو؟"

"آپ میرے ساتھ کیسے کھل سکتے ہیں؟ میں اتنی تیز دوڑتا ہوں اور آپ اتنی دھیرے دھیرے چلتے ہیں۔"

یہ کہہ کر لطیف تیزی سے دوڑتا ہوا چلا گیا۔

"معاف کرنا بیٹا! مجھے یاد نہیں رہا کہ اب میں تمھارے ساتھ کھیلنے کے لائق نہیں رہا۔ اچھا جاؤ، تم اپنے دوستوں کے ساتھ کھیلو۔"

لیکن لطیف ان کے کچھ کہنے سے پہلے ہی وہاں سے جا چکا تھا۔ اس واقعے کے بعد وہ اور بھی بے چین رہنے لگے۔

رات میں انھیں خیال آیا کے بہت دنوں سے بیٹی سے کوئی رابطہ نہیں ہوا ہے۔ شاید اس سے بات کرنے میں کچھ راحت ملے، اور وہ باہر پی سی او پر اپنی بیٹی سے بات کرنے چلے گئے۔ انھوں نے راستے میں سوچا کچھ دن کے لیے اسے گھر بلا لیتا ہوں، طبیعت بہل

جائے گی- فون پر ان کی بیٹی نے اپنے بچوں کی پڑھائی کی وجہ سے گھر نہ آسکنے کی مجبوری بتائی- فون کرنے کے بعد جب انھوں نے بل دیکھا تو تیس روپے چوبیس پیسے ہوئے تھے۔انھوں نے تیس روپے نکالے اور جلدی سے وہ چونی بھی دینے لگے تو پی سی او والے نے کہا-

"اسے رہنے دیجیے-اس کی کوئی ضرورت نہیں ہے-"

"رہنے کیوں دیں؟ جب پورے پیسے ہیں تو کیوں نہ دوں؟"

"اب فالتو چیزوں کو جن کی کوئی اہمیت نہ ہو اسے اپنے پاس رکھ کر کوئی اپنا بوجھ کیوں بڑھائے-اب اسے کون پوچھتا ہے؟"

"تم نے مجھے سمجھ کیا رکھا ہے؟ میرے بچے ہیں، بہو ہے، پوتا ہے، نواسے ہیں-میرا اپنا گھر ہے، تجارت ہے- میں کسی پر بوجھ نہیں ہوں- میں نے زندگی میں بہت کمایا ہے- اور اب اپنی تجارت اپنے بیٹے کو سونپ دی ہے تو اس کا مطلب یہ تو نہیں کہ میں فالتو چیز ہو گیا ہوں-"

"آپ بھی بات کا بتنگڑ بنا رہے ہیں- میں نے فالتو چیز آپ کو نہیں چونی کو کہا تھا-"

اور اس طرح طالب صاحب پھر واپس چل دیے اور وہ چونی انہیں کے پاس رہ گئی- راستے میں وہ بڑبڑاتے رہے-

"ہونہہ چونی کو کہا ہے- جیسے میں کچھ سمجھتا ہی نہیں، جھوٹے کہیں کے- میرا کیا ہے؟ کچھ دن کی زندگی اور ہے- کسی نہ کسی طرح گذر ہی جائے گی- اللہ نے چاہا تو مجھ سے بھی برا حشر ہو گا ان حرامزادوں کا-"

رات میں انھیں دیر تک نیند نہ آسکی- کروٹیں بدلتے رہے اور سوچتے رہے، اپنے ماضی کے بارے میں، ابتدائے جوانی کے بارے میں- جب گاؤں میں ان کی زمین داری

چلتی تھی-زمین داری ختم ہونے پر انھوں نے شہر میں آکر اپنا کاروبار شروع کیا تھا-

"صاحب یو کھیت جوت ڈالی تو چونی کا کام ہوئی جئ-"

"ابے لکھو جانتا ہے چونی میں ایک بار کے کھانے کا ایک ہفتے کا غلہ ملتا ہے، اور تو بس ایک دن میں چونی کا کام کر لینا چاہتا ہے؟ تو اپنا کام کر اور یہ حساب کتاب مجھ پر چھوڑ-جب چار آنے پورے ہو جائیں گے تو دے دونگا-"

پاس والے قصبے کی خانم بائی کی کیا دھومیں تھیں، اس کے مجرے کی دور دور تک شہرت تھی-اسکول سے جب میں پہلی دفعہ مجرا سننے گیا تھا تو چار آنے ہی دیے تھے-

وہ بھی کیا زمانہ تھا-کیا شان تھی میری بھی اور چونی کی بھی-جدھر سے گذرتا تھا، لوگ جھک جھک کر سلام کرتے تھے لیکن اب نہ کوئی مجھے پوچھتا ہے اور نہ چونی کو-یا اللہ تو کیوں مجھے ایسی ذلّت بھری زندگی جینے پر مجبور کر رہا ہے-اس سے تو اچھا تھا مجھے موت ہی آجاتی-یہ زندگی بھی کوئی زندگی ہے؟ اور سرکار کو کیا ہو گیا ہے-جب چار آنے کی کوئی چیز ملتی ہی نہیں تو اسے جاری کیوں رکھا ہے؟ بند کیوں نہیں کر دیتی؟ وہ ضرور مجھے چڑانے کے لیے ہی اب چونی چلا رہی ہے-

چونی کی صحیح صورت حال کیا ہے؟ یہ جاننے کے لیے وہ ایک دن ریزرو بنک پہنچ گئے اور وہاں ایک بڑے بابو سے ملے-

"اب چونی چلتی ہے یا نہیں؟"

"کبھی آسمان کی طرف غور سے دیکھا ہے؟"

"ہاں دیکھا ہے-"

"کیسا دکھتا ہے؟"

"نیلا، زمین کو چاروں طرف سے ڈھکے ہوئے-"

"شاید آپ کو معلوم نہیں- آسمان جیسی کسی چیز کا کوئی وجود نہیں ہوتا، اور نہ اس کا کوئی رنگ ہوتا ہے- صرف ایک خلا ہوتا ہے-"

"وہ تو مجھے معلوم ہے-"

"اسی طرح بہت سی چیزیں محسوس ہوتی ہیں، دکھائی بھی دیتی ہیں، لیکن ہوتی نہیں ہیں-"

"جیسے ؟"

" کبھی آئینے میں اپنا چہرہ دیکھا ہے ؟"

"کیا مطلب ؟ آپ کہنا کیا چاہتے ہیں ؟"

"بات بہت صاف ہے- آئینہ دیکھنے والے کو لگتا ہے کہ وہ اس آئینے میں موجود ہے لیکن در حقیقت آئینے میں وہ ہوتا نہیں ہے- اس لیے آنکھوں دیکھی پر کبھی اعتبار نہ کریں، سمجھ گئے ؟"

"طالب صاحب نے جب کوئی جواب نہیں دیا تو اس نے پھر پوچھا-

" کبھی ریل گاڑی سے سفر کیا ہے ؟"

"ہاں کیا ہے-"

" کھڑکی سے باہر پیڑوں کو تیز رفتار سے بھاگتے ہوئے دیکھا ہے ؟"

"ہاں دیکھا ہے-"

"وہ بھی بھاگتے نہیں ہیں- ساکت کھڑے ہوتے ہیں- سمجھ گئے یا اور سمجھاؤں ؟ گرمیوں میں کسی صحرا میں گئے ہیں ؟"

"بس۔۔۔بس بابا بس، سمجھ گیا-"

"پھر آپ تشریف لے جا سکتے ہیں، میں آپ کی طرح بے کار نہیں ہوں، میرے

پاس بہت کام ہیں-"

مجبور اور خفیف ہو کر طالب صاحب وہاں سے واپس چلے آے-وہ ایک سیدھا سادہ سوال لے کر وہاں گئے تھے- لیکن اس بابو نے اس کا جواب دینے کے بجائے ایسا سمجھایا کہ وہ کئ اور سوالوں میں مبتلا ہو گئے-اس سب کا انجام یہ ہوا کہ وہ ہر چیز کو مشکوک نظروں سے دیکھنے لگے-وہ کچھ بھی دیکھتے تو سوچتے، پتہ نہیں یہ چیز حقیقت میں ہے بھی یا صرف اس کے وجود کا وہم ہے؟ کہتے ہیں کہ یہ زمین گھوم رہی ہے- اس لیے اس پر موجود ہر شے بھی گھوم رہی ہو گی- پھر یہ زمین اور ساری اشیا ٹھہری ہوئ کیوں ہیں؟ معلوم نہیں یہ گھر، یہ کمرہ، یہ سازو سامان، ان سب کی حقیقت کیا ہے؟خود میں بھی ہوں یا نہیں ہوں؟ کہیں میں بھی تو بھاگتے ہوئے پیڑوں کی طرح اور نیلے آسمان کی طرح تو نہیں ہوں؟اب اس کا فیصلہ کیسے ہو؟میں خود اس کا فیصلہ کر نہیں سکتا اور دوسروں کا ویسے بھی کیااعتبار؟ اگر دوسرے لوگ قابل اعتبار ہوں بھی تو اس بات کا کیا اعتبار کہ ان کی آنکھیں دھوکا نہیں کھا رہی ہیں؟اس بابو نے کہا تھا آنکھوں دیکھی پر اعتبار نہ کرنا-بات تو ٹھیک کہہ رہا تھالیکن کس کا اعتبار کروں؟

وہ انھیں خیالوں میں گم تھے کہ اندر سے بہو کی آواز آئی-

"پاپا کھانالگادوں؟

لیکن انھوں نے اس کی آواز پر کوئی دھیان نہیں دیا- کوئی جواب نہ پاکر وہ ان کے کمرے میں آگئی-انھیں سر پکڑ کر بیٹھے دیکھ کر بولی-

"کیاہوا پاپا؟ کیا سر میں درد ہے؟ تیل لگادوں؟"

"تم۔۔۔؟ کون ہو تم؟ کیا چاہتی ہو؟"

"پاپا میں ہوں، ادھر دیکھیے، مجھے نہیں پہچانا؟ میں آپ کی بہو ہوں- بھوک نہیں

لگی؟ کھانا لگا دوں؟"

"وہ تو میں دیکھ رہا ہوں-لیکن آنکھوں دیکھی پر مجھے یقین نہیں-"

"پاپا یہ کیا کہہ رہے ہیں آپ؟ اگر اپنی آنکھوں دیکھی پر یقین نہیں تو پھر کس پر یقین ہے؟"

"مجھے کسی پر یقین نہیں-یہ سب فریب ہے، مایا ہے-لیکن یہ یاد رکھنا میں ابھی زندہ ہوں-رکو، میں ابھی تمھیں اپنے ہونے کا ثبوت دیے دیتا ہوں-"

یہ کہہ کر وہ کمرے کا سامان اٹھا کر پھینکنے لگے، پانی سے بھرا گلاس پھینک دیا- اپنے کپڑے پھاڑ ڈالے، شیشے کی کچھ کرچیاں ان کے پیروں سے ٹکرائیں جس سے ان کے پیر سے خون بہنے لگا- اس کے بعد بولے-

"دیکھو اگر میں یہاں موجود نہ ہوتا تو یہ سب کیسے کرتا؟"

بہو نے گھبرا کر اپنے شوہر کو فون کر دیا- تھوڑی دیر میں طالب صاحب کا بیٹا آ گیا- اس نے انھیں ہسپتال لے جا کر بھرتی کرا دیا- وہاں ان کی پوری جانچ ہوئی، کوئی خاص بیماری نہیں نکلی، ڈاکٹر نے بتایا ان کی صحیح دیکھ بھال کی ضرورت ہے- صحیح وقت پر کھانا اور سونا ہونا چاہیے- جہاں تک ممکن ہو ان کو تنہا مت چھوڑیئے، کچھ دوائیں بھی لکھ دیں، شام کو وہ گھر واپس آ گئے-

ڈاکٹر نے نیند کی گولیاں بھی دے دی تھیں، اس لیے وہ شام کو ہی سو گئیاور رات بھر سوتے رہے- صبح جب نیند سے جاگیتو سوتے سوتے اتنا تھک چکے تھے کہ کچھ دیر جاگنے کے بعد بھی ان کے پورے جسم میں کہیں کوئی جنبش نہ ہو سکی- رات بھر وہ عجیب سے خواب دیکھتے رہے تھے- اس لیے دماغ بھی صحیح سے کام نہیں کر رہا تھا- انھیں نہ وقت کا صحیح احساس تھا نہ مقام کا- وہ آنکھیں بند کیے نیم خوابی کی کیفیت میں مبتلا رہے-

اتنے میں انھیں اپنے پیر پر کچھ رینگتا ہوا محسوس ہوا- جب غور کیا تو محسوس ہوا کہ چیونٹیاں رینگ رہی ہیں- وہ پیر کے اس حصّے کی طرف جارہی تھیں جہاں انھیں چوٹ لگی تھی- ان کے ذہن میں اچانک سوال ابھرا، کہیں میں مر تو نہیں گیا ہوں؟ جو چیونٹیاں اپنا حصّہ لینے آگئی ہوں؟ ورنہ چیونٹیاں زندوں کو تو ایسے نہیں چاٹتی ہیں۔۔۔ میں اس وقت پتہ نہیں کہاں ہوں؟ قبر میں ہوں یا ایسے ہی کہیں پڑا سڑ رہا ہوں؟ لیکن میں سوچ کیسے رہا ہوں؟ تو کیا ابھی روح جسم میں باقی ہے؟ یا میں خدا کے سامنے پیش کیا جاچکا ہوں اور جنت یا جہنم میں ہوں؟ وہ ابھی اسی فکر میں تھے کہ ان کی بہو نے آکر کہا-

"پاپا چائے لائی ہوں-"

"کون ہو تم؟ میں جنت میں ہوں یا جہنم میں؟"

یہ سنتے ہی بہو گھبرا گئی، اس کے ہاتھ سے چائے کی پیالی چھٹ گئی اور تھوڑی سی چائے طالب صاحب کے اوپر بھی گر گئی- گرم گرم چائے گرتے ہی ان کی نیم خوابی کی کیفیت ٹوٹ گئی اور وہ ایک دم سے گھبرا کر اٹھ بیٹھے- جب تھوڑی دیر میں ان کی طبیعت معمول پر آئی تو بڑی ندامت کے ساتھ بولے-

"ارے بیٹی تم ہو، معاف کرنا میں ایک خوف ناک خواب میں مبتلا تھا- کیا بات ہے بہو؟ آج بہت جلدی چائے لے کر آگئیں؟"

"جلدی کہاں وقت سے ہی تو آئی ہوں، وہ چائے تو گر گئی میں دوسری چائے لے کر آتی ہوں-"

بہو کے جاتے ہی وہ ایک بار پھر اسی خواب کے بارے میں سوچنے لگے اور پھر ان پر ایک اضطرابی کیفیت طاری ہونے لگی- تھوڑی دیر میں بہو چائے لے کر آگئی-

"یہ لیجیے پاپا اور دوا بھی لائی ہوں- کھا لیجیے، جلدی ٹھیک ہو جائیں گے-"

"میں نہیں مانتا- تم کیسے ثابت کر سکتی ہو کہ یہ دوا ہی ہے- میں تم لوگوں کو خوب سمجھتا ہوں! یہ مت سمجھنا کہ میں کسی کام کے لایق نہیں رہا- میں ابھی سب کچھ کر سکتا ہوں- یہ گھر میرا ہے- تجارت میری ہے- یاد رکھنا، سچائی وہی نہیں ہوتی جو دکھائی دیتی ہے-"

اتنے میں ان کا بیٹا بھی آگیا- اسے دیکھتے ہی وہ گرج پڑے-

"تم نے مجھے سمجھ کیا رکھا ہے؟ آئینے کا عکس، آب سراب، یا نیلا آسمان، میں حقیقت ہوں... حقیقت- میں کچھ بھی کر سکتا ہوں- یہ گھر میرا ہے، میں تمھیں اپنے گھر سے نکال دوں گا- تم سب نے مجھے مردہ سمجھ لیا ہے- میری بیٹی نے تو مجھے شادی ہوتے ہی بھلا دیا- اس نے کب سے میری خیریت تک معلوم نہیں کی، جیسے میں مر چکا ہوں-"

یہ کہہ کر وہ پھوٹ پھوٹ کر رونے لگے- تھوڑی دیر تک رو لینے کے بعد ان کے دل کا غبار کم ہو گیا تو ان کی طبیعت کچھ ٹھیک ہوئی- کچھ دیر بعد ان کی بیٹی بھی آگئی، جس سے دل اور بھی ہلکا ہو گیا- دوپہر میں طالب صاحب نے اپنی بہو کو پکارا-

"بہو... ذرا یہاں آنا-"

"جی! پاپا جی-"

"میں کل جب بیمار ہوا تھا... میری جیب میں چار آنے کا ایک سکّہ تھا- وہ کہاں ہے؟"

"ہاں ہاں... میرے پاس ہے، کیا پیسوں کی ضرورت ہے پاپا؟ کتنے پیسے چاہیے؟"

"نہیں... مجھے بس وہی چونی چاہیے- تم کون بڑی آئیں مجھے پیسے دینے والی-"

"وہ تو میں نے کہیں رکھ دی، ڈھونڈنی پڑے گی- چونی ہی تو تھی اس لیے میں نے زیادہ توجہ نہیں دی-"

"تو ڈھونڈو مجھے وہ سکّہ ابھی چاہیے، جاؤ ڈھونڈ کر لاؤ۔"

شام کو وہ بیٹھے ہوئے تھے کہ ان کی بہو نے آکر کہا۔

"پاپا آپ کے لیے چائے لائی ہوں اور آپ کی وہ چونی بھی مل گئی۔"

"کہاں ہے؟ لاؤ دیکھوں۔ جلدی لاؤ، بہت اچھا ہوا۔ ٹھیک ہے اب تم جاؤ۔"

بہو کے جاتے ہی وہ بے تحاشا سکے کو چومنے لگے اور اس سے بولے۔

"کہاں کھو گئے تھے میرے دوست؟ ایک تم ہی تو ہو جو میرا درد سمجھتے ہو۔ اگر تم بھی چلے گئے تو میں کیسے زندہ رہوں گا؟"

رات میں وہ ٹھیک سے سو نہ سکے، صبح وہ عام طور پر بستر پر دیر تک پڑے رہتے تھے، اخبار بہت صبح آجاتا تھا، وہ اسے اٹھانے کبھی نہ جاتے تھے لیکن اس صبح وہ اخبار والے کی راہ تکتے رہی۔ جیسے ہی اخبار آیا، انھوں نے لپک کر اسے اٹھالیا۔ صفحہ اول پر چوکھٹے میں ایک مختصر لیکن نمایاں خبر تھی۔

"حکومت نے چونی بند کرنے کا فیصلہ کرلیا۔"

Ref.: urduchannel.in

***

چوپاٹی پیچ

محتشم اکبر

سمرین جب آفس سے گھر پہنچی تو تھک کر چور ہو چکی تھی۔ آفس میں آج کام زیادہ ہی تھا۔ جس نے تھکان پیدا کر دی تھی۔ وہ گھر میں داخل ہو کر پرس ایک طرف پھینکا اور بستر پر گر پڑی۔ اس میں ذرّہ برابر قوت نہیں تھی کہ وہ فریش ہو کر اپنے لیے ایک کپ چائے بنائے۔ پلنگ پر لیٹتے ہی خوابوں کی دنیا میں پہنچ کر خوابوں کے سمندر میں غوطے کھانے لگی۔ اسے اس بات کا بھی خیال نہ رہا کہ ناصر کے آنے کا وقت ہو گیا ہے۔ ابھی رات کا کھانا بنانا بھی باقی ہے۔ دوپہر کا کھانا تو اکثر باہر ہی کھاتے تھے۔ ایک ساتھ نہیں بلکہ اپنے اپنے دفتر میں اور رات کا کھانا وہ ہمیشہ ساتھ ہی کھاتے۔

دروازہ کی بیل لگاتار بج رہی تھی۔ سمرین نیند کی آغوش سے باہر آئی۔ کچھ دیر تک تو وہ سمجھ ہی نہیں پائی کہ کہاں ہے۔ آفس میں ہے یا گھر میں۔ بڑی عجلت میں اس نے دروازہ کھولا۔ سامنے اس کی زندگی کار کھوالا، اس کا ہم سفر ناصر کھڑا تھا۔ اس نے روزانہ کی طرح ناصر کو دیکھ کر اپنے چہرے پر ایک بھرپور مسکراہٹ بکھیری۔ ناصر نے گھر میں آنے کے بعد سمرین کو سینے سے لگا لیا اور پیار کرنے لگا۔ اس نے ناصر کو ہٹاتے ہوئے کہا رات ابھی باقی ہے۔ اور اس نے اُسے پانی پلا کر ٹھنڈا کیا۔ مسکراتے ہوئے چائے بنانے چلی گئی۔ ناصر اخبار اٹھا کر پڑھنے میں محو ہو گیا۔ وہ خبریں بھی پڑھتا جا رہا تھا اور سوچ بھی رہا تھا

کہ آج کے لوگوں کو کیا ہو گیا ہے۔ آپس میں کیوں لڑ رہے ہیں۔ ملک کا کیا حال ہو رہا ہے کسی کو اس کی فکر نہیں۔ سب اپنی جیبیں بھرنے میں لگے ہیں۔ سارے گھوٹالے ہمارے ہی ملک میں کیوں ہو رہے ہیں۔ ہمارے لیڈروں کا ضمیر کتنا مردہ ہو گیا ہے۔ کہیں کہیں تو زِنا کے واقعات کثرت سے ہو رہے ہیں۔ مذہبی تفرقہ کو ہوا دی جارہی ہے۔ اپنے بچاؤ کے لیے کیسی کیسی گھناؤنی سازشیں کرنے میں مصروف ہیں ہماری اعلیٰ کمان۔ کہیں ریڈیو پر یہ گانا بج رہا تھا۔ دیکھ تیرے سنسار کی حالت کیا ہو گئی بھگوان کتنا بدل گیا ہے انسان

صبح بڑی اجلی اجلی تھی۔ دونوں کے چہرے خوشیوں سے ایسے دمک رہے تھے جیسے سورج کی پہلی کرن سے سنسار دمکنے لگتا ہے۔ انھوں نے آفس جانے کی تیاری شروع کردی۔ ناصر کو آفس جلدی جانا تھا اُس لیے وہ سمرین کے لیے بغیر ہی چلا گیا۔ وہ اکیلی رہ گئی۔ آفس جانے میں ابھی دیر تھی۔ اُس نے سوچا کیوں نہ تھوڑی دیر بیٹھ کر اخبار کا مطالعہ کرلوں۔ جیسے ہی اس کی نظریں جلی سرخیوں پہ آکر رک گئی اس میں لکھا تھا کہ ایک بوڑھے نے بارہ سالہ لڑکی کی عصمت دری کی۔ خبر پڑھ کر وہ سہم گئی۔ اس کے چہرہ پر ڈر و خوف کے سائے منڈرانے لگے۔ وہ اکثر آتے جاتے سفر کے دوران لوگوں کی ہوس بھری نظروں کو اپنے اندر اترتا محسوس کرتی۔ کبھی تو اس کو ایسا محسوس ہوتا کے یہ سارے مرد اپنی آنکھوں کے ذریعے اس کی لگاتار عصمت دری کر رہے ہیں۔ یہ سب سوچتے ہوئے وقت کا احساس نہیں رہا۔

سمرین معمول کے مطابق بس اسٹاپ پر پہنچی۔ وہاں بھیڑ کا یہ عالم تھا کہ تِل دھرنے کی بھی جگہ نہیں تھی۔ اس کو سب سے آخر میں کھڑے رہنے کی جگہ ملی۔ اس بھیڑ میں اُسے سب مرد ہی مرد نظر آرہے تھے۔ وہ اُن مردوں کا جائزہ لینے لگی۔ اُسے ایسا محسوس ہوا کہ ان مردوں کی آنکھوں میں اسے ہوس نظر نہیں آئی بلکہ ناصر کی طرح شرمیلا پن

نظر آیا۔ اس نے لائن میں کھڑی دوسری عورتوں کی طرف دیکھا تو اُسے اُن کی آنکھوں میں ایک عجیب طرح کی ہوس نظر آئی۔ سمرین کو ایسا محسوس ہوا کہ یہ عورتیں بھی مردوں کو میری نگاہوں سے دیکھ رہی ہے۔ وہ سوچنے لگی کہ کم سے کم کوئی بوڑھا ہی ناصر کے اندر سما جائے۔ وہ کبھی کبھی تو اپنے آپ کو بہت معذور محسوس کرتی۔ وہ سوچتی کہ یہ ساری باتیں ناصر کو صاف صاف بتا دے۔ لیکن وہ اپنے آپ میں یہ سب کہنے کی ہمت نہیں جٹا پاتی۔ اس نے کئی مرتبہ یہ بھی سوچا کہ نوکری چھوڑ دے۔ گھر کے حالات اور ناصر کی ضد کی آگے اس کی ایک نہ چلی۔

ناصر پر اپنے بوڑھے ماں باپ، پانچ جوان بہنوں کی ذمہ داری بھی تھی۔ وہ سمرین کی تنخواہ میں گھر چلاتا اپنی تنخواہ اپنے بوڑھے ماں باپ کو گاؤں بھیج دیتا تھا۔ اُس نے کئی بار کوشش کی کہ اس کے ماں باپ بھی اسی کے ساتھ شہر میں رہے۔ لیکن ساس اور پانچ نندوں کو برداشت کرنے کی ہمت سمرین میں نہیں تھی۔ اس نے ہمیشہ ناصر کی مخالفت ہی کی۔

سمرین اور ناصر چھٹی کے دن چوپاٹی گئے۔ شادی سے پہلے وہ روزانہ ہی چوپاٹی کی بکھری ریت پر بیٹھ کر سمندر کی موجوں میں گم ہو کر اپنے مستقبل کے لیے نئے نئے خواب بنتے، سجاتے۔ سمرین ریت میں اپنے پاؤں دھنسا کر ایک گھر بناتی اور اس سے کہتی دیکھو ہم اپنا گھر ایسا ہی بنائیں گے۔ آس پاس سے ایک گانے کی آواز آرہی تھی۔

؎ جھل مل ستاروں کا ایک آنگن ہو گا رم جھم برستا ساون ہو گا۔ گانا سن کر دونوں اپنے خوابوں میں کھو جاتے۔ جیسے جیسے وقت گزرتا گیا ان کی محبت بھی بڑھنے لگی۔ محبت کی بپھری ہوئی موجوں نے دونوں کو شادی کے بندھن میں باندھ دیا۔ وہ چوپاٹی کی ٹھنڈی ریت پھر بیٹھے ماضی کے خیالوں سے باہر آئے تو انھیں ایسا لگا کہ دنیا بہت بدل چکی ہے۔

سمندر کی موجوں میں پہلے جیسا جوش نہیں ہے۔ سمرین نے ریت میں پاؤں دھنسا کر گھر بنانے کی کوشش کی تو اسے لگا کہ وہ گھر نہیں بنا پائے گی۔ جب اس نے اپنے پیر ریت سے نکالے تو اسے محسوس ہوا کے پیر زمین کے اندر دھنستے جا رہے تھے اور وہ بہت کوشش کہ باوجود بھی انھیں باہر نہیں نکال پا رہی تھی۔ ناصر کی طرف دیکھا تو اسے سمندر کی موجوں میں گم پایا۔ اس کو سمندر کی موجوں سے کھینچ کر سمرین نے اپنی بانہوں کے حالے میں قید کرتے ہوئے کہنے لگی۔ ہم نے اپنے مستقبل کے بارے میں تو سوچا ہی نہیں۔ میں چاہتی ہوں کہ آج کے بعد ہم اپنی زندگی کو خوشگوار بنانے کے لیے اولاد کی چاہت کرے۔ جو ہمارے بڑھاپے کا سہارا بنے۔

ان کی سوچ آسمان کی اونچائی کو چھو رہی تھی۔ دونوں ایک دوسرے میں اس طرح کھو گئے کہ وقت گزرنے کا اندازہ بھی نہیں ہوا۔ ان کی شادی کو پانچ سال ہو گئے تھے۔ زمانے کی تلخیوں سے ہٹ کر اُن کے پیار میں جولانی تھی۔ دونوں ایک دوسرے کی ضرورتوں کو سمجھتے تھے۔ اس نے ناصر کی دیکھ کر کہنے لگی۔ ناصر۔۔۔ کیوں نہ ہم گھر چل کر اپنے بڑھاپے کے سہارے کے لیے کوشش کریں۔

ناصر نے سمرین کو پیار بھری نظروں سے دیکھا اور گویا ہوا۔۔۔ سمرین ابھی حالات ہمیں اس بات کی اجازت نہیں دیتے کہ گھر میں کوئی نیا مہمان آئے اور ہمارا خرچ بڑھا دے۔ پھر اس کی دیکھ ریکھ کے لیے بھی تو کوئی گھر میں چاہیے۔ اُس نے ناصر کو دیکھ کر منہ تیڑھا کیا اور خاموشی سے خلاؤں میں گھورنے لگی۔ دور اُفق میں اُسے اپنے خواب منتشر ہوتے نظر آئے۔

دونوں جب گھر پہنچے تو کافی رات بیت چکی تھی۔ دونوں کے بیچ ایک ہلکی سے دراڑ نظر آ رہی تھی جسے ناصر محسوس نہیں کر سکا۔ صبح کی ضروریات سے فارغ ہو کر ناصر کو

آواز دی ناشتہ تیار ہے۔ دونوں نے ناشتہ ایسے کیا جیسے انھیں زبردستی ناشتے کے لیے بٹھا دیا گیا۔ دونوں نے ایک دوسرے بہت کم بات کی اور آفس جانے کے لیے نکل پڑے۔ باہر کا سماں بھی کچھ تلخ تلخ سا نظر آ رہا تھا۔ ہوائیں بھی بغیر کسی آہٹ کے، بغیر کسی تغیر کے اپنا سفر طے کر رہی تھیں۔

آفس پہنچ کر ناصر نے اخبار اٹھایا اس کی نظر اخبار کی جلی سرخیوں پہ پڑی۔ خبر تھی کہ کل رات چوپاٹی بیچ پر ایک نابالغ و معصوم لڑکی کی مسخ شدہ لاش ملی۔ پولیس کی خبر کے مطابق پہلے اس کی عصمت دری کے بعد اس کا قتل کر دیا گیا۔ یہ خبر پڑھ کر وہ دہل گیا۔ کچھ دیر کے لیے اس پر سکتہ طاری ہو گیا۔ اسے کل چوپاٹی بیچ کی شام یاد آ رہی تھی۔ وہ سوچ رہا تھا کہ اگر اس نے سمرین کو وہاں کچھ پل کے لیے بھی اکیلا چھوڑا ہوتا تو ہو سکتا تھا کہ یہ ہیبت ناک واقعہ اُس کے ساتھ پیش آیا ہوتا تو کیا کرتا۔ ہمارا معاشرہ کتنا خونخوار ہوتا جا رہا ہے۔

یہ خبر پورے ملک میں فیس بک اور واٹس آپ کے ذریعے پھیلتی جا رہی تھی۔ سمرین نے یہ خبر پڑھی اور اُس کا دل خوف سے کانپ اُٹھا۔ اپنے آپ کو وہ بالکل معذور سا محسوس کرنے لگی اور سوچنے لگی کہ انسان کتنا بدلتا جا رہا ہے۔ درندوں کی صفت اس میں کہاں سے آتی جا رہی ہے۔ جب وہ آفس سے گھر جانے کے لیے نکلی تو راستے میں ایسا لگا کہ کوئی اس کا تعاقب کر رہا ہو۔ جب وہ بس میں سوار ہوئی تو اس نے دیکھا کہ بس میں اکیلی ہے۔ بس مردوں سے بھری ہوئی ہے۔ اس نے سارے مردوں کو اپنی طرف ہوس بھری نگاہوں سے دیکھتے ہوئے پایا۔ اسے ایسا لگا کہ جیسے آسمان میں اڑتا ہوا باز زمین پر اپنے شکار کو دیکھ کر اس پر جھپٹ پڑنے کے لیے پَر تولتا ہے۔ اس کے چہرے پر ڈر و خوف کے آثار پھیلنے لگے۔ وہ سوچنے لگی کہ کہیں دلّی میں ہوئے ہولناک، ہیبت ناک حادثہ کی

طرح اس کے ساتھ بھی نہ پیش آئے۔ وہ لوگو کے نگاہوں میں بسی درندگی کو دیکھ کر سہم گئی۔ کیوں‌کہ وہ جانتی تھی کہ چہرہ انسان کی اضطرابیت کو ظاہر کر دیتا ہے۔ چہرے ہی تو انسان کو بے قابو ہونے پر مجبور کر دیتے ہیں۔ آج تک جتنے بھی واقعات ہوئے ان سب کے محرک چہرے ہی تو بنے ہیں۔

سمرین جب گھر پہنچی تو ناصر کو گھر میں موجود پایا۔ وہ اُس کی آنکھوں میں دیکھنے لگی۔ وہ شاید اس کی آنکھوں میں وہی درندگی دیکھنا چاہتی تھی جو اس نے بس میں سوار لوگوں کے آنکھوں میں دیکھا تھا۔ لیکن اُس کی آنکھوں میں اسے کچھ بھی ایسا نظر نہیں آیا۔ سمرین کے دماغ میں ناصر کے متعلق بہت کچھ چل رہا تھا۔ کیوں کہ اُس نے چوپاٹی پر بیٹھ کر سمرین کی کئی خواہشوں کو ریت میں دفن کر دیا تھا۔ وہ سوچنے لگی کہ کاش کوئی درندہ ہی ناصر کے اندر اتر آئے۔

Ref.: urduchannel.in

***

دھوپ چھاؤں

اسرار گاندھی

وہ اپنا گھر چھوڑ کر اولڈ ایج ہوم میں آگیا تھا اور اس کے دن آنسوؤں سے بھر گئے تھے۔ پچھلے پچاس برسوں کی زندگی بھولنا اتنا آسان تو نہ تھا۔ ہر لمحہ کچھ نہ کچھ باتیں اس کے دل ودماغ میں سوئیوں کی طرح تیرتی رہتیں اور اس کا پورا وجود چھلنی ہو کر رہ جاتا۔

کسی نے دروازہ کھٹکھٹایا تو اسے بستر چھوڑ کر اٹھنا پڑا۔

باہر ہوم کا نوکر کھڑا تھا۔

"کیا بات ہے؟" وہ نوکر کو دیکھتا ہوا بولا۔

"چائے کا وقت ہے، آپ میس میں آکر چائے پی لیں۔"

"چلو میں آتا ہوں۔"

وہ کپڑے تبدیل کر کے میس کی طرف چل پڑا۔

بڑی شاداب جگہ پر تھا یہ ہوم۔ یہاں کے لوگ بڑے نرم مزاج تھے۔ بہت ہی محبتوں سے باتیں کرتے، ہر طرح کا خیال رکھتے، شاید ان کو ایسی ٹریننگ ہی دی گئی تھی۔

اس نے میس میں چائے پی اور باہر آکر لان میں پڑی ہوئی ایک آرام کرسی پر بیٹھ گیا۔ لان پر اور بھی کئی لوگ بیٹھے تھے۔ جنہیں وہ نہیں جانتا تھا کہ اسے یہاں آئے ہوئے ابھی کچھ ہی دن ہوئے تھے۔

لان پر مخمل جیسی گھاس بچھی تھی اور وہاں رکھے ہوئے قطار در قطار گملوں میں خوبصورت پھول کھلے ہوئے تھے۔ شاید ہوم کو اس لئے بھی خوبصورت بنایا گیا ہوگا کہ تنہائی کا شکار یہ بزرگ اپنے آپ کو اس خوبصورتی کا حصہ بنالیں اور ان کا وقت آسانی سے کٹ سکے۔

لیکن اس وقت اسے یہ خوبصورتی بھی ذہنی سکون نہ دے سکی۔

اسے اپنا گھر یاد آرہا تھا۔ گھر کے لوگ یاد آرہے تھے۔ وہ لوگ جنھوں نے اسے یہاں آنے دیا اور اس کے گھر چھوڑ کر اس ہوم میں چلے آنے کے تعلق سے قطعی خاموشی اختیار کرلی تھی۔ شاید انھیں اس طرح اس کا اِس ہوم میں آنا اچھا لگا ہو۔ شاید وہ لوگ یہی چاہتے بھی تھے کہ وہ ان کے حسب منشا زندہ نہیں رہ سکتا تھا۔

اس نے نظر اٹھا کر لان کی طرف دیکھا جہاں کئی لوگ آپس میں مل کر خوش گپیاں کررہے تھے۔ یہ لوگ بھی تو یوں ہی یہاں نہ آگئے ہوں گے۔ ان کی بھی گھر چھوڑنے کی مجبوریاں رہی ہوں گی۔ کس کی اولاد کب ہوئی ہے اپنے بوڑھے ماں باپ کی لیکن اس کے بچے تو اپنی ماں کے ہوگئے۔ اسے وہ سرگوشیاں یاد آئیں۔ "دیکھو تمہارے باپ نے مجھے بہت پریشان کیا ہے۔ میں نے تم لوگوں کے لئے بڑی ذلتیں سہی ہیں۔" بڑے ہوتے ہوئے بچے اپنی ماں کی باتوں پر یقین کرلیتے اور ان کی آنکھوں میں نفرت کے سائے لہرانے لگتے۔

اس نے سوچا کہ کاش اس نے بھی اپنے بچوں کو سچ بتانے کی کوشش کی ہوتی لیکن پھر یہ سوچ کر خاموش ہو جاتا کہ بڑے ہو کر یہ اپنے آپ ہی سچ سے روشناس ہو جائیں گے۔ لیکن ایسا نہ ہوا۔ بچے جیوں کے تیوں رہے۔ اسے سوچنا چاہئے تھا کہ جب اولادیں جوان ہو جاتی ہیں تو مائیں اپنے شوہر کے مدمقابل کھڑی ہونے لگتی ہیں۔

اور اب وہ اس اولڈ ایج ہوم میں تھا۔ جو بڑی شاداب جگہ پر بنایا گیا تھا۔ اور یہاں اس جیسے کتنے لوگ دھیمے دھیمے قدموں سے آتی ہوئی موت کا انتظار کر رہے تھے۔

وہ لان پر سے اٹھا اور اپنے کمرے میں آگیا۔ بستر پر لیٹتے ہی بہت سی یادوں اور آوازوں نے اسے گھر لیا تھا۔ اسے خیال آیا کہ وہ اپنی بیٹی سے کتنا پیار کرتا ہے لیکن بیٹی کا بے اعتنائی سے بھرپور رویہ ہمیشہ اس کے وجود کو ٹکڑے ٹکڑے کر دیتا۔ کئی بار وہ سوچتا کہ آخر اس کا قصور کیا ہے۔ پھر اسے اپنے اندر سے آتی ہوئی ایک آواز سنائی دیتی کہ ان پریشانیوں کے ذمہ دار تو تم خود بھی ہو۔ تم نے ہی تو اپنے وجود کو ایک ساؤنڈ پروف چادر میں لپیٹ رکھا تھا۔ ان دنوں کیا تم نے کبھی اپنے بچوں کے بارے میں بھی سوچا۔ وہ اس آواز کو سن کر سہم جاتا۔

اس نے سوچا کہ کتنی خاموشی سے زیادہ تر دوست دور ہوتے چلے گئے اور وہ تنہا ہوتا چلا گیا تھا۔ صرف ایک صادقہ ہی تھی جو اب بھی اس کی غم گسار تھی۔

صادقہ۔۔۔ جو کسی کالج میں پینٹنگز کی ٹیچر تھی اور ساتھ ہی ایک جانی مانی پینٹر بھی۔

شاید وہ صادقہ ہی تھی، نہیں یقیناً وہ صادقہ ہی تھی جس نے پہلی ملاقات کے کچھ دنوں بعد اس کا ہاتھ اپنے ہاتھوں میں لیتے ہوئے کہا تھا۔۔۔

"اپنی اوپر لادی گئی نیند شکست خوردہ انسان کے لئے ہوتی ہے، اس خیال سے باہر آ جاؤ۔ زندگی بہت خوبصورت ہوتی ہے، میں تمہارے ساتھ ہوں۔"

پھر وہ سچ مچ ان دنوں سے باہر آ گیا تھا، جو آنسوؤں سے بھرے تھے۔ کتنے دنوں بعد گرم جوشی کے ساتھ وہ دن لوٹے تھے۔ ایک الگ سا احساس، ایک الگ سی خوشبو لئے ہوئے۔ اچانک پھر کسی نے دروازہ کھٹکھٹایا تو وہ چونک پڑا اور اس کی سوچ کے پرندے

پرواز کر گئے۔ وہ جھنجھلا کر اٹھا اور دروازہ کھول کر دیکھا تو ہوم کا ایک چپراسی کھڑا تھا۔ اس نے کاٹ کھانے والے انداز میں پوچھا۔ "کیا ہے؟"

" صاحب شام کو لان پر ایک ضروری میٹنگ ہے آپ اس میں ضرور آیئے۔ "

چپراسی چلا گیا۔ اور اس نے بڑبڑاتے ہوئے دروازہ بند کیا۔ اور بستر پر آکر دوبارہ لیٹ گیا۔ اور یادوں کی پگڈنڈی پھر روشن ہوگئی۔

اس نے سوچا کہ اس نے صادقہ کو پہلی بار کب دیکھا تھا، پھر اسے فوراً ہی یاد آیا کہ وہ اسے پہلی بار ایک پینٹنگ کی نمائش میں ملی تھی۔

اس دن وہ یوں ہی اِدھر اُدھر ٹہل رہا تھا کہ اس کی نظریں اس ہال پر پڑی جہاں مصوری کے تعلق سے ایک نمائش لگی تھی۔ وہ ہال میں داخل ہوگیا۔

ہال میں بڑے سلیقہ سے پینٹنگز سجائی گئی تھیں۔ وہ مصوری کے خوبصورت نمونوں کو دیکھتے ہوئے اس تک پہنچا تھا۔

اس نے بہت خوبصورت رنگوں میں اپنی پینٹنگز بنائی تھیں۔ وہ چند لمحے وہاں ٹھہرا رہا پھر پینٹنگز کی طرف سے نظریں ہٹا کر اس کی طرف دیکھا۔ یہ کہنا اس کے لئے مشکل تھا کہ وہ زیادہ خوبصورت تھی یا اس کی تخلیق کردہ تصویریں۔

اس نے اپنے قدم آگے بڑھائے ہی تھے کہ وہ اس کے قریب آکر آہستہ سے بولی "پینٹنگز کیسی لگیں؟"

"بہت خوبصورت بنائی ہے آپ نے یہ پینٹنگز۔ لیکن اگر آپ ان پینٹنگز سے ذرا دور ہٹ کر کھڑی ہو جائیں تو یقیناً یہ پینٹنگز زیادہ حسین نظر آنے لگیں گی۔"

وہ Blush کر گئی۔

وہ بھی مسکراتا ہوا آگے بڑھ گیا، لیکن اس نے محسوس کیا کہ جیسے اس کے اندر کوئی

چیز کہیں ٹھہر گئی ہے۔

اگلی لاقات بھی ایسی ہی ایک نمائش میں ہوئی تھی۔ اس دن وہ اسے ہال کے دروازے پر ہی مل گئی تھی۔

"آپ" وہ اسے دیکھتا ہوا بولا۔

"ہاں میں، میں صادقہ ہوں، ایک کالج میں پڑھاتی ہوں۔"

"بہت اچھا لگا آپ سے مل کر۔"

"مجھے بھی۔"

"آج آپ کی پینٹنگز؟"

"میں آج صرف دوسروں کی تخلیقات سے لطف لینے آئی ہوں۔"

"آپ نے اچھا کیا۔"

"کیوں؟"

"آج آپ کو دیکھ کر آپ کی پینٹنگز اور بھی شرمسار ہو جاتیں۔"

وہ اسے دیکھ کر مسکرائی "شکریہ"

"چلئے یہاں لگے ہوئے مصوری کے نمونوں کو دیکھا جائے" وہ دھیرے سے پھر بولی۔

"ہاں چلئے کہ آپ کے ساتھ ان پینٹنگز کو دیکھنے کا مزہ تو کچھ اور ہی ہو گا۔ ورنہ مجھے تو رنگوں کے تعلق سے کچھ زیادہ معلوم نہیں۔"

پھر وہ اسے دیر تک ان تصویروں کی باریکیاں سمجھاتی رہی۔

"کیا آپ میرے ساتھ کہیں بیٹھ کر ایک کپ کافی پینا پسند کریں گی؟" اچانک وہ اس کی آنکھوں میں جھانکتا ہوا بولا۔

تھوڑی سی ہچکچاہٹ کے بعد وہ راضی ہو گئی۔

کچھ دیر بعد وہ ایک خوبصورت سے ریستوران "محفل" میں بیٹھے ہوئے تھے۔

کافی کا سپ لیتے ہوئے صادقہ بولی تھی "کیا آپ کو بھی پینٹنگز بنانے کا شوق ہے، یا صرف دیکھنے کی حد تک ہی محدود ہیں۔"

"صرف دیکھنے کی حد تک۔ دراصل پینٹنگز میرے اندر کی جمالیاتی حس کو مطمئن کرتی ہیں اور یہ بات صرف پینٹنگز تک ہی محدود نہیں ہے بلکہ۔۔۔۔۔" وہ اچانک خاموش ہو کر اسے دیکھنے لگا اور اپنی بات ادھوری چھوڑ دی۔

اس نے صادقہ کے اندر کچھ اتھل پتھل سی محسوس کی۔

صادقہ خاموشی سے ہال کا جائزہ لے رہی تھی۔ ہر ٹیبل پر ایک لیمپ لٹکا ہوا تھا، جس کی روشنی ایک چھوٹے سے دائرے تک ہی محدود تھی۔ ان میزوں کے علاوہ ہال میں ہر طرف ایک پراسرار کی تاریکی بکھری ہوئی تھی۔

"آپ کون سا پرفیوم استعمال کرتی ہیں؟ بڑی دلآویز خوشبو ہے، کافی ہیجان انگیز۔"

اس کی آواز سن کر وہ چونک پڑی۔

"یہ آپ کا واہمہ ہے، میں پرفیوم کبھی استعمال نہیں کرتی۔" وہ بڑے پر وقار انداز میں بولی۔

وہ جھینپ گیا، لیکن اسے حیرت ضرور ہوئی کہ اس نے سچ مچ خوشبو محسوس کی تھی۔

کافی ختم کرنے کے بعد وہ آہستہ سے بولی "چلئے چلتے ہیں"

"چلئے" وہ بھی اٹھ کھڑا ہوا۔

کاؤنٹر پر بل ادا کر کے وہ "محفل" سے باہر نکل آئے۔

وہ اپنی کار کی طرف بڑھتا ہوا بولا "آپ کو کہاں ڈراپ کر دوں۔"

"کہیں بھی نہیں، میں چلی جاؤں گی۔"

اس کے کئی بار کہنے کے باوجود بھی وہ نہیں مانی اور ایک رکشہ لے کر اپنے گھر کی طرف چل دی۔

نہ جانے کیوں اسے ایک شرمندگی کا احساس ہوا۔ پھر ایک طویل سانس لیتے ہوئے اس نے اپنی کار اسٹارٹ کی اور آگے بڑھ گیا۔

اچانک اس نے ایک جھرجھری سی لی اور ماضی سے حال میں آگیا۔ اس نے اٹھ کر فریج سے ٹھنڈے پانی کی ایک بوتل نکالی اور گلاس میں انڈیل کر پینے لگا۔ وہ پھر آکر بستر پر بیٹھ گیا اور آنکھیں بند کرلیں، آنکھیں بند کرتے ہی ماضی پھر پلٹ پڑا۔

اس دن صبح ہی صبح اس کا فون آیا تھا۔ "کیا کر رہے ہیں آپ؟"

"کچھ بھی نہیں بس بیتے دنوں کی یاد" وہ کچھ اداس سے لہجے میں بولا۔

"ایک بات جاننا چاہتی ہوں، بتائیں گے آپ؟"

"آپ کی بات سن کر ہی کچھ کہہ سکتا ہوں۔"

"دراصل میں آپ کی ذاتی زندگی میں کچھ دخل دینا چاہتی ہوں۔"

"پوچھئے، آپ کو پورا حق حاصل ہے۔"

"میں نے بہت بار محسوس کیا ہے کہ آپ بات کرتے کرتے کہیں گم ہو جاتے ہیں اور آپ کی نیلی نیلی روشن آنکھیں اچانک بجھ سی جاتی ہیں۔"

ایک لمحے کے لئے گہری خاموشی چھاگئی۔

"آج موسم بہت اچھا ہے۔" وہ آہستہ سے بولا۔

"آپ شاید میری بات کا جواب دینا نہیں چاہتے۔"

تھوڑی دیر خاموش رہ کر وہ آہستہ سے بولا۔ "اگر آپ کو ایک دن یہ پتہ چلے کہ

آپ کے بچے آپ کے لئے نہیں بلکہ ماں کے لئے ہیں اور اگر بچوں کی آنکھوں میں کبھی آپ کے لئے محبت کے چراغ روشن نہ ہوں تو آپ کیا محسوس کریں گی۔ جیسے ہی مجھے ان باتوں کا خیال آتا ہے میری بے بسی میری آنکھوں کو بجھا دیتی ہے۔" اس کے لہجے میں بے حد اداسی تھی۔

"ویری ساری، میرا سوال آپ کو اداس کر گیا۔" وہ دھیمے سے بولی۔

"نہیں کوئی بات نہیں، مجھے بار بار اس کیفیت سے گذرنا ہوتا ہے، یہ تو میری زندگی کا ایک حصہ بن گیا ہے۔ زندگی کی سچائیوں کی طرف سے میری بے نیازی مجھے یہاں لائی ہے۔ میں کسی کو الزام نہیں دیتا مگر اتنی بڑی سزا کا مستحق بھی تو نہیں تھا۔" اس کے لہجے میں تھرتھراہٹ تھی۔

"کاش! میں آپ کے لئے کچھ کر سکتی۔"

میں جانتا ہوں کہ آپ کی اپنی فیملی ہے، ذمہ داریاں ہیں۔ آپ کچھ کرنا چاہیں بھی تو نہیں کر سکتیں۔"

"دیکھئے میں ۔۔۔۔۔" پھر اس نے اپنی بات مکمل کرنے سے پہلے ہی فون کاٹ دیا۔ اس کے لہجے میں بڑی کپکپاہٹ تھی۔

اسے معلوم تھا کہ وہ بہت جذباتی ہے۔

یادوں کا کارواں اب بھی رواں دواں تھا۔

اس دن کسی نے بہت زور سے اس کا دروازہ بھڑ بھڑایا تھا اور اس کی نیند ٹوٹ گئی تھی۔ وہ دانت پیستا ہوا اٹھا تھا اور دروازہ کھول کر دیکھا تو کاشف سامنے کھڑا تھا۔

"کیا بات ہے، اتنی زور سے دروازہ کیوں بھڑ بھڑا رہے ہو؟" وہ پھاڑ کھانے والے لہجے میں غرایا، پھر اگلے ہی لمحے وہ نارمل ہو گیا۔

"ساری کاشف، آؤ آؤ! میں نیند میں غرق تھا، اچانک اس طرح سے اٹھنا۔۔۔۔۔"

"چلو کوئی بات نہیں۔ کیارات دیر میں سوئے تھے؟"

"ہاں، پتہ نہیں کیوں رات دیر سے نیند آئی۔"

"کیوں؟ کیا کوئی بات ہوگئی۔"

"نہیں، بس کسی کے فون کا انتظار تھا۔ نہیں آیا تو کچھ الجھن سی ہوئی اور نیند نے کسی طویل صحرا کی طرف اڑان بھرلی۔"

"تم تو نیند کی گولیاں بھی لیتے ہو؟"

"ہاں، مگر کبھی کبھی وہ بھی کام نہیں کرتیں۔ میں شاید کچھ زیادہ ہی حساس ہو گیا ہوں۔"

"یہ تو مناسب بات نہیں۔ ویسے اس وقت تمھارے گھر بے حد سناٹا چھایا ہوا ہے۔ کیا کوئی نہیں ہے؟

"ہاں، سب ممبئی گئے ہوئے ہیں۔"

"کیوں؟"

"بس یوں ہی گھومنے کے لئے"

"یہ کیا بات ہوئی، تمھیں تنہا چھوڑ تفریحاً ممبئ چلے گئے، انھیں معلوم ہے کہ تم دل کے مریض ہو"

"میں تنہا کہاں ہوں۔"

"کون ہے تمھارے ساتھ؟" کاشف نے پھر سوال کیا۔

اس نے آسمان کی جانب دیکھا۔ مسکرایا، پھر دھیرے سے بولا "کوئی اور بھی ہے،

جسے ہر وقت میرا خیال رہتا ہے۔ ناشتہ کیا، کھانا کھایا، طبیعت کیسی ہے، آرام کیجئے، کہیں گھوم آیئے۔ یہ اور ایسی بہت سی باتیں، وہ مجھے جینے کا حوصلہ دیتی ہے، ورنہ شاید اب تک۔۔۔۔۔" وہ چپ ہو گیا اور آنکھیں بند کر کے جلدی جلدی سانسیں لینے لگا۔

کاشف اسے غور سے دیکھتے ہوئے بولا "اچھا چلو اٹھو، محلے کے کسی چائے خانے میں چائے پیتے ہیں، باتیں بعد میں کریں گے۔"

چائے پی کر وہ واپس آ گئے۔

"تم آج فری تو ہو؟" کاشف کرسی پر بیٹھتے ہوئے بولا۔

"نہیں یار اس زندگی میں مہلت کہاں آج مجھے دو میٹنگ میں شامل ہونا ہے اور ایک ریلی میں حصہ لینا ہے۔"

" لعنت ہے تمھاری اس مشغول زندگی پر، کبھی فرصت ہی نہیں social activist ہونا بھی عذاب جان ہے۔ نہیں آج تم کہیں نہیں جاؤ گے۔ مرے ساتھ رہو گے۔ چلیں گے ذرا بچوں کے لئے کچھ خریداری کریں گے، پھر کہیں کھانا کھا کر "ٹریٹ" میں کافی پئیں گے۔"

"اور وہ جو میں تمام لوگوں سے وعدے کر چکا ہوں۔ اس کا کیا ہوگا؟"

"سب سے معذرت کر لو۔ کہہ دو طبیعت ٹھیک نہیں ہے؟"

وہ کاشف کی ضد کے آگے سرنگوں ہو گیا۔

گھر سے نکلتے وقت اس نے دیوار گھڑی کی جانب دیکھا تو بارہ بج رہے تھے۔ تھوڑی دیر بعد وہ سول لائنس کے ایک پاش مارکیٹ میں ایک اسٹیشنری کی دکان پر تھے۔

"یہاں کیا کام ہے۔" وہ کاشف کی طرف دیکھ کر بولا۔

"بچوں کے لئے پینسلس، ربر، گم اور رنگ خریدنے ہیں۔"

"چلو" وہ دکان میں داخل ہوتا ہوا بولا

"ارے تم!" اچانک اس کی زبان سے نکلا۔

وہ پلٹی تو اس کی آنکھوں میں بھی حیرت تھی۔

"یہاں کیسے"؟

"بس بچوں کے لئے کچھ چیزیں لینے آگئی تھی۔"

اچانک اسے کاشف کا خیال آیا جو رنگوں کے انتخاب میں مشغول تھا۔

"کاشف ادھر آؤ" اس نے آواز لگائی۔

کاشف آیا تو وہ بولا "ان سے ملو۔۔۔"

اس سے پہلے کہ وہ کچھ آگے بولتا وہ خود ہی بول پڑی۔ "میں صادقہ ہوں۔ ایک کالج میں پڑھاتی ہوں۔"

"یہ کاشف ہے میرا دوست۔"

کچھ دیر پر تکلف باتوں کے بعد صادقہ چلی گئی اور وہ ایک رستوران میں کھانا کھانے کے بعد کافی کے لئے وہ ٹریٹ پہنچے تو ہال تقریباً بھرا ہوا ملا۔

وہ کاشف کو لئے ہوئے ایک خالی میز پر پہنچ گیا۔ اسے دیکھ کر بہتوں نے سلام کے لئے ہاتھ اٹھائے اور وہ گردن کے اشارے سے سب کو جواب دیتا رہا۔

کاشف اسے کچھ بیتاب سا لگا۔

"کیا بات ہے تم کچھ کہنا چاہتے ہو؟"

"ہاں یہی کہ صادقہ کی آنکھیں اتنی جان لیوا ہیں اور تم ابھی تک زندہ کیسے ہو۔"

وہ ہنسنے لگا۔ پھر بولا۔

"کبھی اس کے سامنے اس کی خوبصورتی کی تعریف نہ کر دینا ورنہ ناراض ہو جائے گی

اور سلام دعا بھی بند کر دے گی۔ ایک بار کسی کے ساتھ ایسا ہو چکا ہے۔"

کاشف اسے حیرت سے دیکھنے لگا۔

"کاشف آج تم نے بڑی گڑبڑ کر دی۔ میٹنگوں میں میرا جانا ضروری تھا۔"

چند لمحوں کے لئے سناٹا چھا گیا۔ پھر کاشف بڑے گمبھیر لہجے میں بولا۔

"کوئی گڑبڑی نہیں کی۔ مجھے معلوم ہے کہ تم نے اپنی زندگی اتنی مشغول کیوں کر لی ہے۔ تم گھر کے اندر گردش کرنے والی ان آوازوں سے بچنا چاہتے ہو جو تمھارے پورے وجود میں سوئی کی طرح چبھتی چلی جاتی ہیں۔ تمھاری مشغولیت تمھارے لئے فرار کا ایک راستہ ہے۔"

وہ بری طرح سے تلملا گیا۔ لیکن کچھ بولا نہیں۔ وہ ہال کا جائزہ لینے لگا۔ اچانک اس کی نظریں اس تخلیق کار پر پڑیں جو صادقہ پر مائل بہ کرم تھا۔ اس کے چہرے پر مسکراہٹ پھیل گئی۔ اس نے سوچا کہ اپنی طرف سے ہر کسی کو اس کا حق حاصل ہے کہ وہ کسی کو بھی پسند کر سکے۔ یہ بالکل الگ بات ہے کہ اس کی پسند کو دوسرا فرد کس طرح لیتا ہے۔ اسے معلوم تھا کہ صادقہ اسے پسند نہیں کرتی۔

پھر وہ اٹھ کھڑے ہوئے۔

ٹریٹ سے نکلے تو ان کے راستے الگ تھے۔

موبائل کی آواز سے وہ پھر چونکا اور یادیں کہیں پرے چلی گئیں۔

کال صادقہ کی تھی۔ اس کے چہرے پر رونق براجمان ہو گئی۔

"ہلو صادقہ" وہ دھیرے سے بولا۔

"کیسے ہیں آپ؟"

"بس ٹھیک ہوں۔ تم کسی طرح وقت نکال کر آجاؤ تو بالکل ٹھیک ہو سکتا ہوں۔"

"آج تو بہت بزی ہوں، گھر کچھ مہمان آنے والے ہیں۔ بچوں کے لئے شاپنگ کرنی ہے، پھر کالج، چاہ کر بھی آنا مشکل ہے۔" وہ خاموش رہا جیسے بجھ سا گیا ہو۔

"میں وعدہ کرتی ہوں کہ کل ضرور آؤں گی۔ آں۔۔۔ ٹھیک ہے نا؟"

"چلو کوئی بات نہیں۔ یہ بھی کر کے دیکھتے ہیں۔"

اگلے دن وہ سچ مچ اس کے پاس آ گئی۔

"میں آ گئی۔ بولو اب تو خوش ہو نا۔"

وہ کچھ بولا نہیں آنکھوں میں دیکھتے ہوئے اس کی گلے میں اپنی باہیں ڈال دیں۔

وہ اس کی بانہوں کو ہٹاتی ہوئی بولی "دوا کھائی؟"

"ہاں جینا ہے تو دوا کھانی ہی پڑے گی۔" وہ دھیرے سے بولا۔

"آپ لیٹ جائیے اور پھر آرام سے باتیں کیجئے۔"

"بس میں ٹھیک ہوں۔ دن بھر لیٹا ہی رہتا ہوں۔"

صادقہ کے اصرار پر وہ لیٹ گیا۔

"صادقہ اگر تم نہ ہوتیں تو میں اب تک اپنی قبر میں Skelton بن گیا ہوتا۔"

"پھر وہی باتیں آپ مجھے رلانا چاہتے ہیں کیا؟"

"ویری ساری میں اب ایسی باتیں نہیں کرونگا، خوش۔"

وہ مسکرائی پھر اس کے بالوں کو اپنی انگلیوں سے سلجھانے لگی۔

اس نے اپنی آنکھیں بند کر لیں۔

"ارے ہاں ایک بات تو بتانا بھول ہی گئی، میں چند دنوں کے لئے باہر جا رہی ہوں۔"

"کیوں، کہاں جا رہی ہو؟"

"وہ کیا ہے کہ دہلی میں بین الاقوامی سطح کا ایک آرٹ فیسٹول ہو رہا ہے۔ مجھے بھی

اپنی پینٹنگز لگانے کی دعوت دی گئی ہے۔"

"ارے واہ کیا بات ہے۔" وہ بستر سے اٹھا اور صادقہ کو بھرپور طریقہ سے گلے لگا لیا۔

"صادقہ یہ تمھارے لئے بہترین کامیابی ہے۔ میں بہت خوش ہوں" وہ دوبارہ بستر پر بیٹھتا ہوا بولا۔ اچانک اس نے محسوس کیا کہ صادقہ کی روشن روشن آنکھیں بجھ سی گئیں ہیں اور اس کے چہرے پر ایک افسردگی چھاگئی ہے۔

"ارے کیا بات ہے تم افسردہ کیوں ہو گئیں۔ تمھیں تو اس وقت بے حد خوش ہونا چاہئے تھا۔"

"کوئی بات نہیں بس میں اب چلوں گی۔"

"نہیں تم ابھی تھوڑی دیر اور رکو اور مجھے بتاؤ کہ کیا بات ہے۔؟"

"کچھ خاص بات نہیں، بس میں یہ سوچنے لگی کہ کبھی میری کامیابیوں پر میرے شوہر نے ایسی خوشی کا ظہار کیوں نہیں کیا۔ وہ صرف 'بھئی واہ' تک ہی کیوں محدود ہے، اس نے کبھی مرے اندر چھپے ہوئے فنکار تک پہنچنے کی کوشش کیوں نہ کی؟" وہ بولتے بولتے چپ ہو گئی۔

"دیکھو صادقہ حالات کو سمجھنے کی کوشش کرو، وہ کارپوریٹ لائف کا بندہ ہے، اس کے لئے مادی فائدے ہی سب کچھ ہیں۔ اس نے تمھارے جینے کے لئے تمام آسائشیں اکٹھا کر دی ہیں۔ اس کے خیال میں تمھارے لئے یہی کافی ہے۔ اس سے دانشورانہ رویے کی امید کرنا بے وقوفی ہے، تمھیں تو اب تک اس بات کو سمجھ لینا چاہئے تھا۔"

"آپ ٹھیک کہتے ہیں اس کے یہاں خوبصورتی کا تصور صرف مرے چہرے تک ہی ہے اور بس۔"

وہ چند لمحے چپ رہ کر بولی۔ "چھوڑیے ان باتوں کو۔ جتنا سوچوں گی اتنا ہی دکھ پہنچے گا۔ میرے لئے آپ تو ہیں نا؟" وہ مسکراتی ہوئی بولی۔

"ہاں میں تمھارے لئے ہوں اور جب تک زندہ ہوں تمھارے لئے رہوں گا۔ میں جانتا ہوں کہ میری زندگی میں تم انھیں ذہنی آسودگیوں کے لئے آئی ہو اور شاید تم خوش بھی ہو۔"

وہ خاموش ہو کر اسے دیکھنے لگا۔ وہ اپنی جگہ سے اٹھی اور اس کی پیشانی کو بوسہ دے کر بولی۔ "اچھا چلتے ہیں کافی دیر ہو گئی ہے پھر ملتے ہیں۔"

پھر صادقہ کے لاکھ منع کرنے کے باوجود وہ اسے گیٹ تک چھوڑنے آیا۔ وہ جب اپنے کمرے کی طرف واپس لوٹ رہا تھا تو اسے اپنے پیروں میں کپکپاہٹ محسوس ہو رہی تھی۔ اس نے سوچا کہ کل اپنا چیک اپ ضرور کرا لے گا ورنہ ہو سکتا ہے کہ وہ اور بیمار پڑ جائے۔

اس اولڈ ایج ہوم میں اسے آئے ہوئے اب تقریباً سال بھر ہو رہے تھے۔ گھر سے کئی بار فون آئے لیکن اس نے رسیو نہیں کیا۔ وہ جذباتی طور پر بلیک میل نہیں ہونا چاہتا تھا۔ اس نے اپنا ایک معمول بنا لیا تھا۔ دن میں کافی ہاؤس اور شام کو ہوم میں رہنے والوں کے ساتھ گپ شپ یا پھر ان چند دوستوں سے ملاقاتیں جو اب بھی اس سے ملنے کے لئے آتے رہتے تھے۔

صادقہ تو برابر آتی ہی رہتی ہے۔ وہ جب بھی آتی اسے جینے کا حوصلہ دیتی۔ اسے صادقہ کے ساتھ گزارے ہوئے لمحے زندگی کا حاصل محسوس ہوتے۔

وہ آج بھی آئی تھی۔ دیر تک اس کے ساتھ رہی، پیار بھری باتیں، ہنسی مذاق اور مصوری کے تعلق سے بہت باتیں۔

کمرے کے باہر سورج ڈوب چکا تھا۔ لوگ لان پر بیٹھے گپ شپ کر رہے تھے۔ آج وہ کمرے کے باہر نہیں نکلا۔ جانے کیوں آج وہ ایک عجیب سی کیفیت محسوس کر رہا تھا۔ اسے اپنی بیٹی مونا یاد آ رہی تھی، وہی مونا جو اس کی محبتوں اور شفقتوں کا محور رہی ہے اور وہی مونا جو اس کے ساتھ ہر لمحے بے اعتنائی بھرا رویہ اختیار کرتی رہی ہے۔ اس سے باتیں کرتے وقت اس کا رویہ کتنا کولڈ کولڈ ہوتا ہے۔ کیسا زہر بھر دیا گیا ہے اس کی رگوں میں اس نے سوچا۔

پھر اسے خیال آیا کہ اسے جلد سو جانا چاہئے۔ ورنہ اس کی طبیعت اور خراب ہو سکتی ہے۔ وہ اٹھا اور الماری میں رکھی ہوئی نیند کی گولیوں کا نیا پیک کھول کر دو گولیاں نکالیں اور ایک گلاس پانی سے اتار گیا۔

وہ آکر اپنے بستر پر لیٹ گیا اور آنکھیں بند کر کے نیند کا انتظار کرنے لگا۔ تھوڑی دیر بعد اس نے محسوس کیا کہ نیند تو اب بھی دور ہے۔ وہ سونے کے لئے بے چینی محسوس کر رہا تھا۔ وہ پھر اٹھا اور نیند کی گولیوں والی شیشی سے دو گولیاں پھر نکالیں اور ان گولیوں کو پانی کے ساتھ حلق کے نیچے اتار لیں۔ اس بار وہ گولیوں والی شیشی کو الماری میں رکھنے کے بجائے اپنے ساتھ بستر پر لیتا آیا تھا۔ کوئی دو گھنٹہ بعد بھی اسے نیند نہ آئی۔ اس کا ڈپریشن بڑھنے لگا تھا، اس نے شیشی سے پھر تین چار گولیاں نکالیں اور ایک جھٹکے سے سب کھا گیا۔ گولیاں کھا کر پانی پیتے وقت اس کی نظریں دروازے پر پڑیں تو دیکھا کہ دروازے کی کنڈی کھلی ہوئی ہے۔ اس نے سوچا کہ ابھی اٹھ کر بند کر دے گا۔

رات دو بج گئے تھے لیکن نیند کا پتہ نہ تھا۔ اس کی جھنجھلاہٹ اپنے پورے عروج پر پہنچ گئی تھی۔ وہ اچانک اٹھا اور شیشی سے تمام گولیاں ایک ساتھ نکال لیں اور حلق کے نیچے اتار گیا۔

چند لمحوں بعد اسے نیند آگئی۔

اگلے دن صادقہ دوپہر کے بعد آئی اور دروازہ بھڑ بھڑانے کے لئے دروازہ پر ہاتھ رکھا تو وہ کھل گیا۔ اسے بڑی حیرت ہوئی کہ وہ ابھی تک سو رہا ہے۔ اس نے اس کا ہاتھ چھوا تو وہ برف کی طرح سرد تھا۔ اس نے جلدی سے اس کی پیشانی چھوئی تو وہ بھی بالکل سرد تھی یہی حال پیروں کا بھی تھا۔

صادقہ کو لگا کہ جیسے وہ خود بھی برف ہوتی جارہی ہے۔

وہ زور سے چیخی۔ ہوم کے تمام لوگ اکٹھا ہو گئے اور اسے لے کر فوراً اسپتال بھاگے۔ کئی ڈاکٹروں نے چیک اپ کیا لیکن اب وہاں تھا ہی کیا۔ وہ کبھی نہ ٹوٹنے والی طویل نیند سو چکا تھا۔

صادقہ اس سے لپٹی ہوئی بلک بلک کر رو رہی تھی۔

پوسٹ مارٹم کے بعد اسی شام اس کے دوستوں کی موجودگی میں اسے دفن کر دیا گیا اور اس کی وصیت کے مطابق اس کے گھر والوں کو اس کی موت کی اطلاع نہیں دی گئی تھی۔

Ref.: urduchannel.in

***

کہانی

حامد یزدانی

"کہانی سُنایئے ناں، پاپا! مجھے نیند نہیں آ رہی"۔

"نہیں آج نہیں بیٹا، بہت تھکن ہو گئی آج تو۔۔۔"

"کسے؟ کہانی کو؟"

"ارے نہیں، مجھے۔۔۔ دن بھر کی مصروفیات نے تھکا کر رکھ دیا ہے۔ کل سُن لینا کہانی۔۔۔ ضرور سناؤں گا کل۔۔۔"

"یہ بات تو آپ نے کل بھی کی تھی۔۔۔ مگر آج سنا نہیں رہے۔۔۔ بس آج تو میں۔۔۔"

"اچھا، بابا، اچھا۔۔۔ کہو، کون سی کہانی سنو گے۔۔۔؟"

"کوئی سی بھی۔۔۔"

"پھر بھی، کچھ تو بتاؤ، کون سی کہانی، کس بارے میں؟"

"کسی کے بارے میں بھی نہیں۔۔۔"

"کسی کے بارے میں بھی نہیں۔"

"اوہو، بیٹا میرا مطلب ہے کیا کیا ہو اس کہانی میں، کون کون ہو اس میں۔۔۔؟"

"کوئی بھی نہ ہو اس کہانی میں۔۔۔"

"کوئی بھی نہ ہو! کیا مطلب؟ یعنی بالکل خالی؟"

"ہاں، بالکل خالی۔۔۔ ایمپٹی۔۔۔ ای فار ایمپٹی۔۔۔"

"اوہ، اب سمجھا، تم ایک سادہ کہانی سننا چاہتے ہو۔۔۔ چِٹی سفید۔۔۔ ہے ناں؟"

"نہیں، سفید بھی نہیں۔۔۔ کوئی رنگ نہ ہو اس کہانی کا۔۔۔"

چلو، رنگ نہ سہی۔۔۔ یہ تو بتاؤ، دِکھنے میں کیسی ہو۔۔۔؟"

"کیسی بھی نہیں۔۔۔"

"اچھا چلو یہ بتادو، ہو کتنی لمبی چوڑی۔۔۔؟"

"نہ لمبی ہو، نہ چوڑی۔۔۔"

"موٹی۔۔۔؟"

"نہیں۔۔۔"

تکونی۔۔۔؟"

"نہیں"

"چوکور۔۔۔؟"

"نہیں"۔

مستطیل۔۔۔؟"

"نہیں۔۔۔"

سٹار شیپ۔۔۔؟"

"نہیں"۔

اچھا، ہارٹ شیپ میں چلے گی، ہے ناں۔۔۔؟"

"نہیں، نہیں۔۔۔ کسی شیپ میں نہیں۔۔۔"

"کسی شیپ میں نہیں؟ اچھا چلو یہ تو بتادو بال کیسے ہوں اس کے۔۔۔؟"

"بال ہوں ہی نہ اس کے۔۔۔"

"اور کان۔۔۔؟"

"کان بھی نہ ہوں۔۔۔"

"لمبے لمبے دانت ہوں اس کے۔۔۔ ہے ناں؟"

نہیں، اس کے دانت نہ ہوں۔۔۔"

ارے ارے اس کے دانت نہیں ہوں گے تو وہ کھائے گی کیسے۔۔۔؟"

"وہ کھاتی کچھ نہیں۔۔۔"

"ہاتھ ہوں اس کے۔۔۔؟"

"نہیں بابا نہیں۔۔۔ کہاناں۔۔۔ کچھ بھی نہ ہو۔۔۔"

" دیکھو، اگر کچھ بھی نہ ہو تو کہانی بنے گی کیسے؟ کہانی میں کردار ہوتے ہیں، لوگ ہوتے ہیں، چیزیں ہوتی ہیں، واقعات ہوتے ہیں۔۔۔ اور۔۔۔ اور۔۔۔"

"نہیں، اس کہانی میں کچھ نہیں ہوتا۔۔۔"

" یہ کیسی کہانی ہوئی جس میں کچھ بھی نہیں ہوتا۔۔۔؟"

"کوئی سی بھی نہیں۔۔۔"

"کوئی سی بھی نہیں۔۔۔؟ تو بدمعاش کہیں کے۔۔۔ تم اتنی دیر سے کیا سننے کی ضد کر رہے تھے۔۔۔؟ کہانی نہیں تو پھر کیا تم۔۔۔ نونُو۔۔۔ نونُو۔۔۔ بیٹا۔۔۔ سو گئے کیا؟"

نونو سو چکا ہے

اور شاید میں بھی۔۔۔

شاید سبھی۔۔۔

مگر

کہانی جاگ رہی ہے۔

کیونکہ کہانی کی آنکھیں ہوتی ہیں۔۔۔

ہمیشہ کھلی رہنے والی آنکھیں۔۔۔

Ref.: caarwan.com

***

ایڈ ٹینگ

شاہین عباس

نظم ہو یا افسانہ، کچھ بھی لکھتے ہوئے، مجھے بار ہا قطع و برید کے جبر سے گزرنا پڑتا ہے۔ یہ جبر کبھی تو رزمیہ بن جاتا ہے اور کبھی طربیہ۔ میں نے نظم لکھی، جس کا مصرع تھا خدا ایک ہے۔ اگلی ہی جست میں اُسے یوں تبدیل کر دیا، لا ایک ہے یا یوں کہیے کہ دونوں مصرعوں کو ایک دوسرے کے متوازی استوار کر دیا کہ بھلے ہی دیرینہ دشمنوں کی طرح گھورتے رہیں، مگر ٹکرائیں نہیں۔ یوں سوال کا جواب دیا اور جواب پر سوال بھی داغ دیا۔ میرا اور میرے قارئین کے بیچ جو حجابِ درمیان یا ابہامِ محض کا رشتہ شروع دن سے چلتا چلا آ رہا ہے، وہ قرنوں بعد بھی غیر موثر نہیں ہوا۔ میں دن کے آغاز پر گھر سے نکل کر جب اپنی منزل کے لیے چلنا شروع کرتا ہوں تو سو فیصد انسان یا آدمی ہوتا ہوں، اِتنا تو مجھے پتہ ہے۔ میری موج میرے اندر کہیں دفن ہوتی ہے، اور باہر نظر نہیں آ رہی ہوتی۔ یعنی موج صفر فی صد ہوتی ہے۔ پھر میں رفتار پکڑتا ہوں تو موج کو موقع ملتا ہے سر اٹھانے کا یا مجھ سے بغاوت کرنے کا۔ ایک خاص رفتار پر پہنچ کر میں بہ یک وقت آدھا موج ہو جاتا ہوں اور آدھا انسان یا آدمی۔ ففٹی ففٹی یا سکسٹی فورٹی یا فورٹی سکسٹی، بس کچھ اِسی تناسب سے ہوتا ہوں۔ یہ ہونا بھی میرے علم میں ہے۔ ہوتا کیا ہے کہ تماشا اِس ففٹی ففٹی پر ختم نہیں ہوتا، میں اِسی رفتار کو کافی نہیں سمجھتا۔ زقندیں بھرتا اور چھلانگیں لگاتا روشنی کی

رفتار سے چلنا یا اڑنا شروع کر دیتا ہوں۔ روشنی کا ہم رفتار ہوتے ہی بس جیسے بے قابو سا ہو جاتا ہوں۔ اِس مرحلے پر میری اپنے بارے معلومات نہ ہونے کے برابر ہوتی ہیں۔ دیکھنے والے کہتے سنے گئے ہیں کہ ایسی حالت میں، میں صد فی صد موج ہوتا ہوں یعنی موج ہی موج، اور انسان یا آدمی صفر فیصد۔ پھر اِن تینوں حالتوں کے الٹ پھیر سے ایک اکائی ترتیب دیتا ہوں اور سفر کا عنوان قائم کرتا ہوں۔ میرے خیال میں مذکورہ اکائی بنی نوع انسان کی وحدت کی طرف اشارہ کرتی ہے۔ نہیں کرتی تو کرنا چاہیئے۔ یوں میری نظم بن جاتی ہے۔

میرے بارے میں اٹھنے والی آوازیں اور کیے جانے والے سوال اِسی تیسری حالت، یعنی میری حالتِ غیر سے ہوتے ہیں، کہ میں چلتے چلتے، چلیے بھاگتے بھاگتے ہی سہی، روشنی کیسے بن جاتا ہوں۔

حرکت ہو تو ایسی، سکون ہو تو ایسا۔ زمانے کی حیا نہ مارے تو اِس موج کو بھی غائب کر سکتا ہوں۔

ایک دن میں گلی میں سے گزر رہا تھا، اور نظر بھی آ رہا تھا۔ کسی کے ہاتھ میں یا آنکھ میں پتھر اگر کہیں تھے بھی، تو دکھائی نہیں دے رہے تھے۔ میں گزرتا گیا، اور کم سے کم تر ہوتا گیا۔ جتنا کم تر ہوا، پتھر اُتنے ہی بیشتر اور برتر ہوتے چلے گئے۔ چھب دکھلانے لگے، ہاتھ کرنے لگے۔ گلی کی نکڑ پر پہنچ کر دیکھا تو میں کہیں بھی نہیں تھا اور ہر طرف سے پتھر برس رہے تھے مجھ پر۔ قامت میں صفر فیصد، قیامت میں صد فیصد۔ اللہ اللہ ایک خدا ایک لا، ایک لا ایک خدا، کتنے خدا کتنے لا، اِتنے خدا اِتنے لا۔ مجھے بیک وقت خدا اور لا کی طرف سے تین خواہشیں بتانے کا اختیار ملا۔

"اے شاعر، تم کس طرح کی موت مرنا پسند کرو گے؟"

"گلی سے گزرتے ہوئے!"

"آتے ہوئے یا جاتے ہوئے؟"

"آتے جاتے ہوئے!"

بات تو کر دی مگر ساتھ ہی ساتھ حد بھی تو کر دی۔ رات کو کاغذ قلم پھر اٹھایا۔ اپنا احتساب شروع کیا کہ آیا یہ جو میں نے اپنی موت کی جگہ کا تعین بے دھڑک کر دیا ہے، درست بھی ہے یا نہیں۔ یہ مرنا میرے معیار کا مرنا ہے یا میعار سے کم تر۔ پتہ چلا کہ دو میں سے ایک خواہش غلط بتا دی ہے۔ گلی میں مر جانے سے کیا کوئی نیا بابِ نعمت کھولا جا سکتا ہے، نہیں ہر گز نہیں، معلوم نہیں کتنے بہت سوں کی یہی خواہش اور روٹین ہوتی ہو کہ گلی گلی نبٹ جاتے ہوں۔ میں نے استغفار پڑھا۔ میرے پاس آخری ایک خواہش کا اختیار ابھی اور تھا اور پھر بس۔ مجھے احتیاط کا مظاہرہ کرنا تھا۔

میں گلی سے گزرتے ہوئے نہیں، بل کہ گلی کو خود میں سے گزارتے ہوئے مرنا چاہتا تھا۔

بس پھر کیا تھا حمد یہ واردات رزمیہ میں منعطف ہو گئی، پھر یہ روشنی پلٹ کر نہیں دی۔

یہ جو میں گلی گلی کرتا پھرتا ہوں، تو یوں ہے کہ گلی میرے نزدیک دنیا و مافیہا کا کوئی دوسرا نام نہیں۔ یہ محض اجتماع اور ہلڑ بازی کا پلیٹ فارم بھی نہیں کہ جب چاہا سدھائے ہوئے جنگجوؤں نے ایک دوسرے پر دھاوا بول دیا۔ جھولوں ہنڈولوں کی ہاہاکار، قوس، قوسین، طرف، طرفین، اونچ نیچ کا پہاڑ، سچے موتیوں کا ہار۔ میرے عقیدے میں یہ مستطیل نما ٹکڑا ارتقا ہے اور احیا ہے۔ اِس کی اینٹ اینٹ بھرم کی بنیادوں پر لگائی گئی ہے۔ اینٹ اکھاڑتا ہوں، بھرم کا خون کرتا ہوں، قاتل کہلاتا ہوں۔ تبدیلی کے لیے اور

کیا کر سکتا ہوں۔ افقی تبدیلی، عمودی تبدیلی، طاق کی بدلی، جفت کی بدلی، تغیر تبدل میرا، تغیر تبدل تمھارا۔

میرے جن قارئین کو اعتراض ہے کہ میں شخصی اعتبار سے بہت مبہم ہوں، میری نظمیں اور غزلیں سمجھ میں نہیں آتیں، ان کے لیے مشورہ ہے یہ کہانی پڑھیں۔ میری کہانی کی قرات ترتیبِ نزولی کے عین مطابق کی جائے اوّل سے آخر، یا معکوس الترتیب پڑھتے ہوئے آخر سے اوّل تک پہنچا جائے، ایک سا مطلب نکلتا ہے۔ میں خود چوں کہ کہانی کا انجام، غزل کا آخری شعر، نظم کا کلوزنگ ستانزا پہلے لکھتا ہوں، اِسی لیے مؤخر الذکر طرزِ خواندگی بھی آپ کے حق میں اُتنا ہی سبق آموز ہے جتنا کہ اوّل الذکر۔ مجھے دنیا بھر کے قارئین کا خیال رہتا ہے جن کے لیے میں ایک ہی تجربے سے حظ اٹھانے کے دو طریقے وضع کرنا چاہتا ہوں اور بتا دینا چاہتا ہوں کہ سیدھے قدموں فساد اور الٹے قدموں فساد ایک ہی جنگ اور ایک ہی غزوہ کے دو زائیدہ ہیں۔ میں نے کہانی پڑھنے کا کوئی مخصوص وقت بھی قاری کو نہیں بتایا، جیسے وہ اذان جس کے مابعد نماز کی روایت نہیں، اور وہ نماز جس سے ماقبل اذان ثابت نہیں، کسی بھی خاص جگہ یا پابندیِ وقت کے تابع نہیں، اِسی طرح میرے قاری کو بھی میری طرف سے چھوٹ ہے۔ جب چاہے کتاب کھولے، جہاں سے چاہے پڑھے، اور جیسے چاہے کتاب بند کر دے۔ کتاب کھولتے ہی بند کر دے، تب بھی وہ کہانی میں سے میری منشاو مراد اخذ کر سکتا ہے، جو بہت حد تک میرا معاملہ بھی ہو سکتا ہے اور ایسا ہوا بھی ہے۔

اچھا تو عبارت میں پے در پے ردو بدل کا فائدہ یہ ہوا کہ منتہا کی قطعیت قائم نہیں ہوتی، بل کہ اِس کی لامتناہیت کا غبارہ حجم میں پھیلتا رہتا ہے۔ اِدھر پھٹنے کے قریب پہنچا تو ہوا ہی نکال دی، جیسے کبھی تھی ہی نہیں، اور پھر پھُلانے لگ گیا بیلون کو، کوئی اور ہوا بھر

دی کسی اور خدا سے مستعار، کسی اور لا کی ادھار۔ مجھے اندازہ ہے کہ قطعی قیام کا مجاز نہ تو میں ہوں اور نہ متحمل۔ یہ تو ہوا فائدہ۔ اور نقصان ایک ہی ہے کہ کچھ بھی، کبھی بھی ختم پر نہیں آتا، جیسے میری شادی کی تقریب، گیارہ بارہ برس بعد بھی اُسی طرح جاری ہے۔ اب میں کیا بتاؤں، میں نے پہلی رات ذرا درمیانی نگاہ کی تو چوبارے میں کیا دیکھا،، دوسری رات نیچے دیکھا تو پستی میں کس کس کو فرشِ راہ پایا اور تیسری رات نظر اوپر کی طرف اٹھائی تو بلندی پر کیا کیا نظر آیا۔ جشن ایک تھا مگر اُسی جشن میں موجود مہمان لڑکیوں کو آج تک لا لا کر کمرے میں ڈالتا رہتا ہوں۔ کمرہ بیویوں سے لد چکا ہے، صحن میرے بچوں سے بھر گیا ہے، اور میں خود ایک ہزار ایک تو ہوں ہی۔

"میں آپ جیسی ہونا چاہتی ہوں، کیا کروں؟"

"اپنی مسکراہٹ کی مرمت کرو!"

"اور کیا کروں؟"

"افسردگی کی اوور ہالنگ کرواؤ۔ رونا گانا اِس طرح سے ہو کہ لائف پارٹنر تو دور کی بات، تمھارے بنانے والے کو بھی تمھارا سُر سننے کے لیے نیچے اترنا پڑے۔ اپنی سرگوشی کا ہم گوش پیدا کرو۔ چلا چلا کر تو ہر کوئی اپنی اکثریت ثابت کر سکتا ہے۔ جانور یہی ہاہاکار تو کرتے ہیں جب انسان کو اکیلا پاتے ہیں جنگل میں۔

تمھیں کسی کی ہنسی میں اور بین میں شرکت کا اختیار اُس وقت تک نہیں، جب تک اپنی ہنسی اور اپنے بین کا گلہ گھونٹ نہیں دیتیں۔ اور یہ تصدیق خط کی تحریر یا فون کال کے ذریعے سے نہیں کرنا ہوتی کہ پھانسی ہو چکی بل کہ آئی ٹو آئی کانٹیکٹ سے واضح کرنا ہوتا ہے"۔

"اچھا چلو چھوڑو، یہ بتاؤ ناسٹیلجیا کیا ہوتا ہے، کلیشے کیا بلا ہے؟"

اُس نے یہ سوال ادب میں دلچسپی کے باعث نہیں پوچھے، بل کہ مجھے دیکھتے رہنے سے یہ باتیں اُسے یاد ہو گئیں ہیں۔

"میں نے تمھیں ایک بار بنایا اور بار بار بسر کیا۔ ہر گزشتہ بسرام آئندہ سے مختلف تھا۔ یہ ناسٹیلجیا ہے"

"اور کلیشے"۔ وہ خود کو بے پردہ کروانے پر تُلی بیٹھی تھی

"تم نے مجھ کو ایک بار بنایا، ایک ہی بسرام، ایک ہی گزران کے لیے۔ یہ کلیشے ہے۔ مزید سننا ہے تو سنو، تم میرا ناسٹیلجیا ہو اور میں تمھارا کلیشے"۔

"یہ نشانیاں آپس میں بدلی نہیں جاسکتیں کیا؟"

"مکان بدلے جاسکتے ہیں، نشان اور نشانیاں نہیں۔ بس ڈٹے رہو اپنی اپنی پوزیشنوں پر، ہٹو نہیں۔ لیفٹ رائٹ، لیفٹ رائٹ"

وہ لیفٹ رائٹ، لیفٹ رائٹ کرتی، میرے لیے چائے لینے چلی گئی۔

دستک ہوتی ہے اور بغیر پوچھے کہ کون، دروازہ کھول دیتا ہوں۔ پھر خیال آتا ہے کہ یہ تو پوچھا ہی نہیں کہ کون۔ آنے والے کو واپس باہر بھجتا ہوں اور از سرِ نو دروازہ کھٹکھٹانے کا کہتا ہوں، وہ کھٹ کھٹ کرتا ہے، میں پوچھتا ہوں کون، وہ کہتا ہے، میں، تب جا کر کہیں دروازہ کھولنے کا خطرہ مول لیتا ہوں۔ میں نے گھر والوں سے بھی کہ رکھا ہے کہ اگر میں بھی وقت بے وقت گھر آؤں، تو مجھے بھی ایک باری میں نہیں، دو باریوں میں اندر بلوایا کرو۔ تجربے کا اختیار آخر اِن کو بھی تو حاصل ہے۔

رات میں لحاف میں سویا، پھر اٹھا اور دیکھا کہ لحاف میرے اوپر ہے کہ نہیں، تھا، مگر اتار کر دوبارہ اوڑھا تو اطمینان ہوا اور موسم کے سرد گرم سے نمٹنے کے قابل ہوا۔ میرا یہ عمل نسیان کے ذیل میں نہیں آتا اور کوئی بندہ بشر اِسے نسیان بر وزنِ انسان کہنے کی غلطی

بھی نہ کرے۔ یہ تو سراسر امکان کی تلاش کا سفر ہے، معانی سے شیطانی روگردانی کے ذریعے معانی کی اطاعت کا عملِ صالح ہے، جس سے میری دانست میں نیکیوں میں اضافہ مقصود ہے۔ ہو سکتا ہے پہلی بار دروازہ کھولنے سے وہ سب نہ کھلا ہو جو بند کر کے دوسری بار کھولنے سے کھلا ہو گا۔ پہلی بار یوں لگا ہو جیسے یہ شخص مجھے کالے پانیوں کا دیس نکالا دینے آیا ہے اور اِس کے ہاتھ میں عدالتی فیصلے کی فوٹو کاپی ہے۔ دوسری بار انٹری ہوئی تو پتہ چلا کہ وہ تو ہمارا دودھ والا تھا، جس کو میری وجہ سے ایک دن میں خوامخواہ دو بار دہلیز پھلانگنی پڑ گئی۔

لحاف لے کر ہی سویا تو کیا کمال کیا، اصل کمال تو اتار کر لینے میں تھا۔ اِس کا اندزہ مجھے ہی تھا، ساتھ سونے والوں کو نہیں۔ لحاف کی بات، لحاف ہی میں رہے تو بہتر ہے۔ غیر ضروری طور پر پردہ سرکا کر ہر کسی کو شاملِ حال کرتے پھرنا مجھے نہیں آتا۔

مگر یہ نظرِ اوّل، نظرِ ثانی، نظر نگاہ کرنا، پھیرنا، پھر کرنا اور پھر کرتے چلے جانا بکھیڑا ہی بکھیڑا ہے جس کا ایک شروع کا سرا تو ہے، دوسرا آخیر کا کہیں نہیں۔ لکھتے رہنے اور لکھ لکھ کر بدلتے رہنے کی عادت سے میرے پاس کاغذ و قلم کا ذخیرہ کم پڑنے لگا تھا۔ میں نے دروازے کو بوڑھا ہوتے اور لحاف کو بوسیدہ ہوتے ہوئے دکھانا ہے، سو مجھ سے قلم و مو قلم کا حساب نہیں رکھا جاتا۔ ردی کی ٹوکری بھر جاتی ہے، جیسے پیٹ بھر جائے اور پھر خالی بھی ہو جائے۔ خیر یہاں تک تو ٹھیک تھا، جیسے تیسے گزر بھی رہی تھی۔ مگر جب سے یہ بتانا واجب ہوا ہے کہ نماز میں یکے بعد دیگرے دو سجدے، اور پے در پے دو سلام کس کس سہوِ ناثبوت کی کارفرمائی کو دیکھتے ہوئے رکھے گئے ہیں تو امکان کی بازیافت اور معانی کی دریافت در دریافت کا عمل طول پکڑتا جا رہا ہے، اِسے میرے ہاتھوں طول ہی پکڑنا چاہیے تھا۔

"پھر تو رکوع بھی دو ہونے چاہییں، ایک نہیں"

"اصل میں یہ تمہید ہے۔ اتمام ہے اگلے اقدام کے لیے۔ حرکت الگ سہی، کنفیوژن الگ نہیں"۔

"آپ ساری ساری رات گھر میں آتے جاتے رہتے ہیں"۔ اُس نے موضوع کو پلٹا دینا چاہا کہ ایسا حساس نکتہ اٹھانے پر گرفت میں نہ آجائے

"مگر میں تو ایک ہی بار آتا ہوں"

"سارا سارا دن آپ کے باتھ روم کے چکر لگتے ہیں"

"نہیں تو، ایک ہی چکر لگاتا ہوں"

"آپ نے کئی ایک شادیاں کررکھی ہیں"

"میں نے تو ایک ہی شادی کی ہے"۔

یہ وہ سوال ہیں جن کے جواب مجھ سے مانگے جانے لگے تو میں چوکنا ہو گیا، پہلے سے زیادہ ہوشیار، پُراسرار گھر کی ڈور بیل پہ کاؤنٹر لگا ہوا ہے، کون کتنی بار آیا، کاؤنٹر کے پاس نمبر بڑھنے کا پورا حساب ہوتا ہے۔ میں نے ایک رات اپنی نقل و حرکت کا شمار کیا تو اندازہ ہوا۔ وہ ٹھیک کہتی ہے۔ باتھ روم میں اپنے قدموں کے نشان بنائے، مٹائے۔ مٹے تو، مگر پھر بن گئے۔ یہاں بھی اُس کے مشاہدے کی داد بنتی تھی۔ تیسری بات تو اُس کی ٹھیک تھی ہی۔ وہ بیان اُس نے مجھے خوش کرنے یا آوارہ گرد ثابت کرنے کے لیے جاری تھوڑی کیا تھا۔

قصّہ کچھ یوں ہے کہ جب مجھے اندیشہ لاحق ہوا اگر خود کو خود میں جمع نہ کیا، تو تفریق ہو جاؤں گا اور تفریق کا منتہا صفر سے بھی آگے نیگیٹو نمبرز پر جا کر کہیں اختتام پذیر ہوتا ہے۔ تب میرا ماتھا ٹھنکا کہ جمع تفریق کے یہاں کچھ کچھ کالا ہے۔ کالے دَھن کو سفید

کرنے کسی کو تو آگے آنا تھا، میر اگھر قریب تھا، میں پہلے آ گیا۔

اُسے پتہ چلا تو بولی "شاباش، جنٹل مین، اِسے کہتے ہیں پوری کی پوری جی حضوری"۔

وہ غالباً حضوری کو جی حضوری سے الگ ثابت کرنا چاہتی تھی اور اپنے تئیں کامیاب تھی اور مجھے سب سے قریب پڑتی تھی۔ ایک بار دیکھنے سے صرف قریب، جبکہ دو بار دیکھنے سے بہت قریب۔ جب اُس نے میرے زیرِ استعمال قرطاس و قلم بل کہ لوح و قلم کا ذخیرہ خطرے کے نشان سے بھی نیچے تک آیا ہوا دیکھا تو میرے سامنے کمپیوٹر لا کر رکھ دیا۔

"یہ لو۔ اِس کے صفحات ختم نہیں ہوں گے۔ جتنا چاہو لکھو۔ یہی نہیں بل کہ جتنا نہ چاہو، نہ لکھو"۔ اُسے میرے لکھتے رہنے سے یہ اندازہ تو ہو گیا ہو گا کہ میں کیا لکھنا چاہتا ہوں، مگر نہ لکھنے کی حالت سے یہ پتہ نہیں چل سکا ہو گا کہ میں کیا نہیں لکھنا چاہتا۔

میں نے ماؤس، کی بورڈ سنبھالا۔ سامنے ایل ای ڈی ٹکا دی۔ سہج سہج لکھنے لگا۔ عہد کیا کہ سچ سچ لکھوں گا۔ خدا ایک ہے، جیسے لا ایک ہے۔ وہی نظم یاد آ گئی۔ مگر پہلے یہ بیانیہ یوں نہیں تھا۔ کچھ اِس طرح تھا، خدا ایک ہے یا کہ لا ایک ہے۔ معمولی ردوبدل سے معانی جو کہ ایک دوسرے سے کنارہ کیے ہوئے تھے، ہم کنار ہو گئے، دوست دشمن کو سنبھالا دینے لگا، تہ و بالا ہو کر ہی سہی۔ اقرار اور انکار کے الگ الگ دھارے ذرا سی نئی تلچھٹ، نئے طلاطم سے گزرے تو یک دم ایک جسم ایک جان ہو گئے، جیسے کبھی جدا تھے ہی نہیں، میں انجام کار چاہتا بھی یہی تھا۔ نظرِ ثانی ہو تو ایسی ہو، ورنہ صرفِ نظر ہو۔ اب ڈھونڈتے رہیے۔ کون کہاں سے چلا، کہاں تک گیا اور کہاں کہاں گیا۔ یہاں ایک اور مثال دیتا ہوں، ایک اور نظم سے۔ میں نے اپنی نظم کی خاتون متکلم سے ایک جگہ کہلوایا۔ تیرے چھونے سے میں حاملہ ہو گئی، پیٹ کھلنے لگا۔ اب جو متن کو دوبارہ دیکھا ہے تو کی بورڈ کی شہ پا

کر بات کچھ یوں بدل دی ہے۔ تیرے گیتوں سے میں حاملہ ہو گئی۔ وقت چلنے لگا۔ یہ کِی بورڈ کی شہ تھی یا سازینے کی شہوت۔ بادی النظر میں چھونے اور ہاتھ لگانے سے تو اختلاط بھی مراد ہو سکتا تھا، روٹین کے تابع مبتدیوں کا سامرئی عمل، مگر یہ متکلم کے حسبِ حال نہیں تھا۔ پھر میرے حسبِ منشا بھی کہاں ہو سکتا تھا۔ تب ذرا بھر کر غیر مرئی شے کو حمل کے ٹھہرنے کا سبب قرار دیا۔ جیسے محبوبہ نے ایامِ حمل میں بیڈ روم کی دیوار پر اپنے محبوب کی تصویر آویزاں کر رکھی ہو، سارا سارا دن اُسی کے خیال میں گم رہتی ہو، اُسی کی ٹائی نکٹائی کھولتی اور بند کرتی رہتی ہو، رات ہوتی ہو تو اُس کی بوشرٹ کے سامنے کے بٹن کھول کر پورے شرحِ صدر سے اُس میں چھپ جاتی ہو، محبوب اپنے ہاتھ بڑھا کر بٹن بند کر لیتا ہو، اور پھر لڑکی کو نیند آجاتی ہو۔ پورے نو مہینے تک یہ وظیفہ جاری رہا ہو۔ اور پھر جو بچہ پیدا ہو وہ شوہر کے بجائے محبوب کا ہم شکل نکل آیا ہو۔ یہیں تک نہیں، بل کہ بڑا ہو کر عادات و اطوار میں بھی اپنے روحانی باپ پر ہی گیا ہو یا جانا پسند کیا ہو۔ تجربے کی اگر اولیں شکل پر ہی قلم روک دیتا تو مارا جاتا۔ نظرِ ثانی کی تو پتہ چلا ایک زچگی پر دوسری زچگی کا غلاف بعض اوقات کتنا ضروری ہوتا ہے۔ دو کے تین کیسے بنے۔ لیبارٹری اسسٹنٹ حیران کہ ڈی این ایس سے کچھ پتہ نہیں چل پا رہا یہ نوزائیدہ خلیہ کس کس گھاٹ کا پانی پی کر پار اترا ہے۔

یوں میری نظم مکمل ہو جاتی ہے۔ یہ اُن دنوں اور اُن راتوں کی تقویم سے دو دو ہاتھ کرتی ہے جب حساب کتاب ابھی عام نہیں تھا۔ طاق کو جفت اور جفت کو طاق سے الگ نہیں کیا جا سکتا تھا۔ آدم کی پسلیوں کا شمار پسلیوں پر ہاتھ لگا لگا کر کیا جاتا ہو گا۔ ہر جفت کے اندر طاق دبکا پڑا ملا۔ اِسی طرح ہر طاق کا بھی کوئی نہ کوئی جفت بچہ ضرور ہوتا۔ ایک لاکھ چوبیس ہزار مساوی ایک لاکھ تیئیس ہزار نو سو ننانوے جمع ایک۔ ایک لاکھ تیئیس ہزار

نو سو ننانوے جمع ایک مساوی ہے ایک لاکھ چوبیس ہزار کے۔ بس اب جفت کو توڑتے جائیں اور طاق بناتے جائیں۔ طاق کو طاق کے پہلو بہ پہلو ٹکاتے جائیں اور جفت بناتے جائیں۔

"سب ٹھیک ہو گیانا؟"

"کچھ بھی ٹھیک نہیں ہوا"۔

"تم نے یہ تو بتایا نہیں کہ زبان کی گرہ کیسے کھلتی ہے۔ سینے کا کھلنا کیا ہوتا ہے"۔

"یہ گرہیں آنول کٹتے ہی پڑ جاتی ہیں۔ اِن کا جانا ذرا مشکل ہی سے ہوتا ہے"

"کم تو ہو سکتی ہوں گی کہ جکڑن پکڑن میں وقتی ریلیف ہی مل جائے؟"

"ریلیف انھی کے لیے ہے جنھوں نے فرق نہیں کیا۔ طاق راتوں کی عبادت کو جفت اور جفت جگ راتوں کی مشقت کو طاق کے ساتھ ادل بدل کر دیا"۔

"وہ کیوں؟"

"اپنے آپ کو زیادہ محفوظ کیا۔

وہ جس نے ایک زمانے میں طاق کو فوقیت دی، کیا خبر اِس سے ہزاروں کروڑوں سال پہلے جفت کے درجات گنوا چکا ہو، اور کاغذ قلم نہ ہونے کی وجہ سے اُس کا وہ سارا حساب لکھے جانے سے رہ گیا ہو، اور جفت سمیت جفت کے ماننے والوں کا نشان بھی مٹ گیا ہو، اور یہ ایک عدد کی حیثیت سے تو باقی رہ گیا ہو، مگر اِس کے ساتھ جڑی ہوئی کسی روایت یا اسطورہ کا علم سراغ نہ لگایا جا سکتا ہو"۔

"زیادہ محفوظ، زیادہ پاک۔ پھر تو بڑے جنات ہوں گے وہ لوگ"۔

وہ اُس رات بھی سراسر بے سروپا گفتگو کے موڈ میں تھی۔ میں سویا رہا اور سنتا رہا۔ یہ بھی مہمیز کی ایک صورت تھی۔ اِس تجاہل میں رہ رہ کر میں نے سرپٹ دوڑنا سیکھ لیا تھا۔ وہ

میری رفتار کا ساتھ دینے کی کوشش کرتی اور میری گرد کا بھی۔ ہر صبح دامن جھاڑتی ہوئی اٹھتی اور مجھے یہ جتلانے لگتی کہ میں بھی تمھارے ساتھ ساتھ ہی دوڑتی رہی ہوں۔

"کہاں تک ؟"

"جہاں تک ٹریک تھا"

"ٹریک کہاں تک تھا؟"

"جہاں تک ہم بھاگے ہیں۔۔۔زندگی ہمیں خود کو بد صورت بنانے کا اختیار نہیں دیتی۔ ہمی اختیار سے تجاوز کرتے ہیں"

صبح صبح اُس کے گھوڑے نے ریس جیت لی۔ جھاڑ جھنکار کا قرعہ آناً فاناً میرے نام نکل آیا۔ پہلی رات میں نے چوبارے میں دیکھا تو اُس نے اپنے پیٹ پر ہاتھ ٹکا رکھا تھا، وقفے وقفے سے اُسے ابکائی آرہی تھی اور وہ بار بار اُگال دان کی طرف لپک رہی تھی۔ میں نے اُسی نظارے کو اُتم جانا۔ جب پیغمبر نے سورج کو دیکھا اور قیاس کر لیا کہ یہی میرا رب ہے۔ گمان کو یقین میں بدلنے والا اور خالی ہانڈی کو گوشت سے بھرنے والا۔ سورج غروب ، قیاس غلط۔ دوسری رات میں نے گہرائی میں جھانکا تو میں تھا، میرا ہاتھ اپنے پیٹ پر تھا، مجھے ابکائی آرہی تھی۔ پیغمبر نے چاند کو دیکھا اور گمان گزرا یہی وہ ورا الورا نہ ہو جسے اونگھ نہیں آتی، جو خود تو بس جاگتا ہے، مگر جاگنے اور سونے والوں دونوں کو پسند کرتا ہے۔ نر اور مادہ کا امتیاز کیے بغیر دہانوں کو بھرنے والا، دہانہ جہاں بھی ہو ، جتنا بھی ہو۔ چاند بھی گیا یہ ماورائیت بھی ملیا میٹ۔ تیسری رات میں نے آسمان کی طرف گردن اٹھائی (اپنے جائے قیام کی نسبت سے گردن اٹھائی کی جگہ گردن گھمائی کا استعمال یہاں بہتر معنی دے رہا ہے) تو اُس کا ہاتھ وہیں پیٹ پر ہی تھا اور مجھے ابکائی آرہی تھی۔ ہم دونوں نے کچھ بھی قیاس کرنے سے گریز کیا اور سو گئے۔ اپنی اپنی نیند۔ رات میں نے بار بار اٹھ کر دیکھا کہ

ہم اپنی اپنی نیند ہی سو رہے ہیں نا، کہیں ایک دوسرے کی تو نہیں۔ تب سے عادت پکی ہو گئی اور یہی تین راتیں زندگی میں بار بار آجا رہی ہیں۔

"آپ اپنی نیند کا سایہ بھی مجھ پر نہیں پڑنے دیتے"۔

"میں سوتا ہی کب ہوں۔ سوؤں تو سایہ بنے۔ سایہ بنے تو تم سے لپٹے۔ مگر میں تو جاگتا رہتا ہوں۔ تمھارا میرا تعلق استوار ہو سکتا ہے اگر میں نیند کی مسلسل کوشش میں لگا رہوں، ایک رات گہری نیند میں چلا جاؤں اور تم مجھے دن نکلتے ہی جگانے آ جاؤ۔ میں اُن لوگوں میں گنا جاؤں جو دستک یا کھجلی یا کسی بھی قسم کی چھیڑ چھاڑ کے بغیر بوقتِ صبح بستر چھوڑ کر ہی نہیں دیتے۔ مگر میں تو ایسا نہیں۔ میں تو ایک بیداری کے اوپر دوسری بیداری کی تہیں لگاتا ہوں اور یوں بیداریوں کا محل کھڑا ہو جاتا ہے"۔

تم اِس محل میں کبھی آؤ نا۔ پہلی بار دیکھو گی تو لگے گا یہ کوئی جغرافیے کا مضمون ہے۔ نقشے میں تم، تمھاری ساری سوتنیں، مجھ سمیت تمھارے سارے شوہر، اور اِن سب کے سارے بچے شہروں، ملکوں اور برِاعظموں کی طرح آباد ہیں اور سب کا کام بخوبی چل رہا ہے۔ میں گائیڈ بنا تمھیں کاندھے پر بٹھائے گلیوں گلیوں سیر کراتا پھروں گا۔ جب شام ہو گی تو تمھیں گھر واپس چھوڑ آؤں گا۔ یہ تو تمھارا ایک پھیرا ہو گا اور میرا ایک شعر یا نظم کا ٹکڑا۔ پھر جب آؤ گی تو پوچھتی پچھاتی آؤ گی، کایا کلپ کا مزہ لیتی ہوئی۔ محل وہاں نہیں ہو گا۔ آنا تو دیکھنا کہ جغرافیہ کی جغادری مجھ سے زیادہ دیر تک نہیں ہو سکی، میں نے سب نقشے زمین برد کر دیے ہیں اور اپنی جگہ واگزار کرا لی ہے۔ تب میں گائیڈ کے نہیں مؤرخ کے بہروپ میں تاریخ کے پہلے ورق پر تمھارا استقبال کروں گا۔ پھر ورق بہ ورق تمھیں لیے پھروں گا اور آزادانہ سیر و سیاحت کی اجازت دے دوں گا۔ محض گائیڈ ہی رہ جاتا تو ایسا ہرگز نہیں کرتا۔ میں تمھیں بتانے کی کوشش کروں گا کہ جغرافیے اور تاریخ میں کتنا

زمانی اور کتنا مکانی بعد ہوتا ہے یا ہونا چاہیئے کہ مکان کو اپنی شناخت بدل کر زمان کی شناخت میں تحلیل ہونے کا پورا موقع اور اجازت مل سکے۔ مگر تمھارا آنا جانا یہیں پر ختم نہیں ہوگا۔ یہاں تو بس مجھے ماؤس اور کی بورڈ کی مدد سے نیا صفحہ منتخب کرنا ہے، یا پرانا ڈیلیٹ کرکے اُسی اسکرین پر اپنے تخلیقی عمل کے بارے میں تم سے مزید کچھ باتیں کرنی ہیں۔ سو تمھیں آنا تو ہے اور مجھے تمھارا آنا دکھانا بھی ہے کہ کاغذ قلم کی قلت کا اب کوئی مسئلہ درپیش نہیں رہا۔ بس ذرا سستا لو، جیسے محل کے ہر کمرے میں تمھیں نیند آجایا کرتی تھی، ویسے ہی تاریخ کی برجیوں میں تم ٹانگیں پسار کر اور دوپٹہ بارہ دری کے بارہ دروں میں برابر برابر تقسیم کرکے دیر تک سو سکتی ہو، میرے انتظار میں۔ جان لینا کہ میں نے تمھاری ساری سوتنوں اور سارے شوہروں کو بھی یہ گُر سکھا دیا ہے۔ بچوں کو سمجھا دیا ہے کہ ماؤں کے دودھ سے کم کسی مشروب پر راضی نہ ہونا، اور باپوں کی تاج پوشی ہو تو کبھی رنجیدہ خاطر نہ ہونا کہ ایک نہ ایک دن تمھاری باری بھی آئے گی۔

اب آ بھی چکو، جغرافیہ تاریخ کے پیروں تلے آکر کچلا جا چکا ہے، اور تاریخ کو تہذیب نے کھا لیا ہے۔ میں نہ گائیڈ رہا ہوں نہ مؤرخ۔ تہذیب سے لدے اِس دور میں چوراہے بیچ کُرتا اتارے مہذب بنا منتظر کھڑا ہوں۔ یعنی اب میری نئی حثیت مہذب کی ہے۔

جانے تمھارے چابک کب برسیں۔

Ref.: caarwan.com

***

دریچے کی آنکھ سے

خالد علیم

اس نے پورا زور لگا کر اپنی دونوں کہنیاں بستر پر ٹکائیں۔ کہنیوں کے بل دائیں کندھے کو بستر پر جھکا کر اپنا سر تکیے کی طرف موڑا اور آہستہ آہستہ پاؤں کو کھینچتا ہوا بستر پر لے آیا۔ پھر نیم دراز حالت میں کمرے کی مغربی کھڑکی کو دیکھنے لگا۔ ٹوٹے ہوئے شیشے والے حصے سے باہر کا منظر نسبتاً صاف دکھائی دے رہا تھا۔ اجالا قدرے بڑھ گیا تھا مگر اسے یوں لگ رہا تھا جیسے یہ اجالا بھی اس کے ضمیر کے ظلمت کدے کو روشنی میں تبدیل نہیں کر سکتا، اس لیے کہ اُس نے تاریکی کی گہری کھائیوں میں اتنا وقت گزار لیا تھا کہ آسمان پر گردش کرتے سورج کی شعاعیں بھی اسے تاریک دکھائی دیتی تھیں۔ کوئی کرن بھی اُس کے ظلمت کدے میں باقی نہیں رہی تھی۔ اس احساس نے اُسے اور بھی نڈھال کر دیا تھا۔

بستر سے بیت الخلا کا سفر اسے صدیوں کا سفر دکھائی دیتا تھا۔ رات کی سیاہی میں ماضی کے دہکتے شعلے جیسے اُس کے پورے بدن کو جلا کر راکھ کر دینے والے تھے۔ اسے یوں لگتا جیسے وقت کا آہنی پنجہ اب اُس کی گردن دبوچنے والا ہے۔ وہ خوف سے اپنی آنکھیں بند کر لیتا۔ آنکھیں بند کرتے ہی اس کے ذہن میں تیرگی ناچ ناچنے لگتی تو وہ گھبرا کر پھر آنکھیں کھول لیتا اور وحشت سے در و دیوار کو تکنے لگتا۔

وقت کا آہنی پنجہ واقعی اس کی گردن کی طرف بڑھتا آ رہا تھا، اور وہ اس سے بے خبر

نہیں تھا۔ اُسے معلوم تھا کہ اُس نے اپنے پُر عظمت ماضی کو خود اپنے پاؤں سے ٹھوکر ماری ہے۔ شروع شروع میں اُس کے ضمیر میں زندگی کی رمق موجود تھی اور اس نے اُسے ملامت بھی کیا تھا مگر اُس نے ایک نہیں سنی تھی۔ شاید تعصب اور بدیسی وعدوں کی چکا چوند نے سب کچھ دیکھتے ہوئے بھی اُسے اندھا کر دیا تھا۔ اور اب۔۔۔ رات کی تاریکی سے جھانکتے شیر کی دو سرخ آنکھوں کی آگ اس کے سینے میں الاؤ کی طرح اُترتی محسوس ہو رہی تھی۔

اس کے کمرے میں ہوا کا ایک سرد جھونکا داخل ہوا تو اُسے یوں لگا جیسے اس کا پورا بدن کسی نے برف کی سل پر ڈال دیا ہے۔ ایک لمحے کے لیے تو اُسے قدرے سکون محسوس ہوا، پھر ایک دم اس کا دل دہل گیا، جیسے کسی نے کمرے کی مغربی کھڑکی پر اپنا آہنی پنجہ مارا ہو۔ آج صبح جب وہ سو کر اُٹھا تھا اور رفعِ حاجت کے لیے گھسٹتے قدموں کے ساتھ بیت الخلا کی طرف جانے لگا تھا تو اپنی خواب گاہ کی مغربی کھڑکی کا ایک شیشہ تڑخا ہوا ضرور پایا تھا مگر اپنی جگہ پوری طرح موجود تھا، لیکن جب وہ رفعِ حاجت کے بعد واپس آیا تو شیشہ اپنی جگہ نہیں تھا، اور جب اس نے نیچے نظر دوڑائی تھی تو شیشے کے ٹکڑے فرش کے قالین پر بکھرے ہوئے دکھائی دیے تھے۔ اسے اپنے ہاتھ میں درد کی شدت کا احساس ہوا تو اس نے ہاتھ کو غور سے دیکھا۔ اس کے ہاتھ کی پوروں سے خون رسنے لگا تھا۔

نہ جانے کس حرام زادے کی شرارت ہے، وہ بڑبڑایا تھا۔ "رام داس!" اس نے پورا زور لگا کر آواز دینی چاہی تھی مگر آواز اس کے گلے میں پھنس کر رہ گئی تھی۔ "کمبخت نے اپنا نام بھی بدل لیا۔ کتنی آسانی سے وہ خداداد بن بیٹھا ہے۔ خداداد۔۔۔ خداداد"۔ وہ پھر بڑبڑانے لگا تھا۔ "پوری سلطنت ختم ہو گئی، مگر خداداد سے پیچھا نہیں چھوٹا۔ نہ جانے کہاں سے آگیا ہے"۔ اس نے گہری نگاہ سے قالین پر بکھرے ٹکڑوں کو دیکھا تھا۔ اچھا ہوا

کہ اس کی نظر پڑ گئی تھی ورنہ شاید اس کے پاؤں بھی زخمی ہو جاتے۔ اس نے اپنی دھوتی کے ایک پلو کو پکڑ کر پورے زور سے ہاتھ پر لپیٹ لیا تھا۔ اس کی سمجھ میں کچھ نہیں آ رہا تھا کہ یہ کیسے ہوا۔

"میر۔۔۔ میر۔۔۔" اس کے دماغ میں ایک ادھورا نام بار بار جھٹکے کھانے لگا۔ وہ سمجھنے سے قاصر تھا کہ یہ نام اُسے کیوں نہیں یاد آ رہا۔ "شاید اس لیے کہ اس کو نرک میں گئے ہوئے گیارہ سال کا عرصہ گزر چکا ہے"۔ اس نے خود کو مطمئن کرنا چاہا۔ "گیارہ سال کے اس عرصے میں نرک کو بھی اس کا نام یاد نہیں رہا ہو گا۔ وہ سلطان کی شہادت کے دن ہی نرک میں چلا گیا تھا۔۔۔ وہی دن تھا جب وہ بھی اس جیسا کردار ادا کر رہا تھا۔ ہاں، وہی دن تھا جب اس نے اپنے دیوان ہونے کا فائدہ اُٹھا کر سلطانی فوج کو تین ماہ کی تنخواہیں وصول کرنے کے بہانے قلعے کی دیوار سے ہٹا دیا تھا اور بدیسی لٹیروں کے لیے سلطانی محل کا راستہ صاف کر دیا تھا۔"

"اور وہ میر قمر الدین، نمک حرامی کے باوجود سلطان کی نوازش سے اپنے سابقہ عہدے پر بحال کر دیا گیا تھا۔۔۔ اور پھر کم بخت عین وقت پر غداری کے صلے میں گرم کنڈہ کی جاگیر لے کر جذام کے مرض سے مر گیا۔ کتنا وحشت ناک مرض تھا۔۔۔ میر عالم کا آزار۔۔۔ کم بخت حیدرآباد کا میر عالم بھی تو اس مرض سے ہلاک ہوا تھا۔ بے نصیب۔۔۔ خود تو مر گیا مگر اس مرض کو اپنے نام کا آزار دے گیا۔۔۔ اور۔۔۔ غلام علی لنگڑا بھی کیا فتنہ تھا۔۔۔ ترکی گیا تو ترکی بہ ترکی ترکوں کو لاجواب کر دیا۔ واپس آیا تو چپکے چپکے سلطانی عمارت کی بنیادوں سے دیمک کی طرح چمٹ گیا۔۔۔ اور۔۔۔ اور ایک اور میر۔۔۔ کیا نام تھا اُس کا؟"۔۔۔ اس کا دماغ پھر اس نام کو سوچنے لگا اور دماغ۔۔۔ اس کا ساتھ دینے سے پھر انکاری تھا۔ "شاید۔۔۔ شاید میر جعفر، وہ بنگال کا نمک حرام، ننگِ

خاندان۔۔۔ مگر یہاں بنگال کا کیا ذکر۔۔۔ شاید اس کے دماغ نے پلٹا کھایا ہے۔ یہ میر تو کوئی اور تھا، جس نے قلعے کا آہنی دروازہ کھولنے کے بجائے بند کر دیا تھا۔۔۔ اچھا ہوا یہ سارے خبیث مر گئے اور وہ۔۔۔ اپنی اور اپنے ہم مذہبوں کی رسوائی کا تماشا دیکھنے کے لیے ابھی تک زندہ ہے۔ مگر زندہ بھی کیسا۔۔۔ جیسے اپنی ہی لگائی ہوئی چتا کا مردہ۔۔۔ اس نے پہلو بدلا اور مغربی کھڑکی کی جانب کرب آمیز نگاہ سے دیکھنے لگا۔ ایک بار پھر بدن میں شدید دکھن کا احساس بیدار ہو گیا تھا۔ کیا نام تھا اُس کا؟" وہ دماغ پر زور دینے لگا۔ "شاید میر۔۔۔ اس نے زور سے آواز دی۔۔۔

"رام داس۔۔۔ خدا داد!"۔۔۔ خاموش جواب کی صورت وہ کتنی دیر سناٹے کے عالم میں بیٹھا رہا۔

گیارہ سال کے عرصے میں اس کے دل و دماغ پر پچھتاووں کے کتنے تازیانے برسے تھے، اسے اب خود بھی اندازہ نہیں تھا۔ اس کے مردہ جسم کے بوجھ سے اس کے پاؤں کی سوزش روز بہ روز بڑھتی جا رہی تھی۔ اسے یوں لگتا تھا کہ اس کے جسم اور دماغ کو وقت کے آہنی ہتھوڑے کی ضربیں توڑ کر رکھ دیں گی مگر۔۔۔ اس کی سوچیں ابھی تک منجمد نہیں ہوئی تھیں۔ طویل و عریض کوٹھی میں بظاہر آزاد مگر غلامانہ زندگی اور زندگی کی تمام ضروریات پوری ہونے کے باوجود مفلس و قلاش ہونے کا احساس اس کے دل و دماغ پر ہتھوڑے کی طرح برستا تھا۔ گیارہ سال پہلے اس کی کون سی ایسی خواہش تھی جو پوری نہ ہوئی تھی۔ کون سی ایسی آسایش تھی جو اُسے حاصل نہ تھی۔ کون سا ایسا حکم تھا جسے دینے کے بعد اس کے سامنے والے سرخم نہ ہو جاتے تھے۔ اس کے اشارۂ ابرو سے اُس کے آگے دولت کے ڈھیر لگ جاتے تھے۔ ایک سے بڑھ کر ایک مندر تعمیر کر دیے جاتے تھے۔ اعلیٰ سے اعلیٰ مورتیاں، سونے چاندی اور زر و جواہر سے آراستہ دیوتاؤں کے مجسمے

مندروں کی زینت بنا دیے جاتے تھے۔ اعلیٰ درجے کی پوشاکوں اور لباسوں میں ملبوس ہندوؤں پر امرائے سلطنت کا گمان ہوتا تھا اور یہ سب کچھ اس کی ذراسی جنبشِ لب کا نتیجہ تھا۔۔۔ اور اب۔۔۔ یہ سب کچھ اس سے چھن چکا تھا۔۔۔ پچھتاوے کی چتا بھڑکنے لگی۔۔۔ "نہیں!۔۔۔ اس نے خود اپنے ہاتھوں گنوا دیا تھا"۔ اُسے یاد آیا۔۔۔ "لنکا یوں ہی فتح نہیں ہو گئی تھی۔ راون کے بھائی و بھیشن نے رام چندر جی کو لنکا کے سارے راز بتا دیے تھے، مگر یہاں رام چندر جی تو نہیں تھے، یہاں تو بدیسی لٹیروں کا سردار کارنوالس تھا اور اس کے بعد ولزلی۔ کارنوالس اور ولزلی کو اس نے رام چندر جی کا مقام کیسے دے دیا۔ تُف ہے اس پر۔ و بھیشن نے تو صرف لنکا ڈھائی تھی، اس نے پورے ہندوستان کی سرزمین کا دروازہ بدیسی لٹیروں پر کھول دیا۔۔۔ اور پھر لٹیرے بھی ایسے جو اس سرزمین کے تمام خزانے لوٹ کر اپنے ملک کی مفلوک الحال جنتا کے قدموں میں ڈھیر کرنے میں لگے ہوئے ہیں۔ اسے کیا ملا، پورے ہندوستان کا سودا کرنے پر پانچ سالہ مہاراج کی دیوانی۔ ایسی دیوانی، جس کا اختیار اس کوٹھی سے باہر صرف نام کی حد تک ہے۔۔۔ اور چند ٹکے۔۔۔ جن کی حیثیت سلطانی نوازشات کے آگے پرِ کاہ سے زیادہ نہیں۔"۔۔۔ اس کا جی چاہا کہ وہ اپنے منہ پر تھوک دے۔ اگر آئینہ سامنے ہوتا تو شاید وہ ایسے ہی کر گزرتا۔

مغربی کھڑکی کا ٹوٹا ہوا شیشہ پھر اس کی نظر میں گھوم گیا۔ اس نے جی کڑا کر کے تھوک نگل لیا۔ اس کا جی چاہا کہ ہمت کر کے اُٹھ جائے اور سلطان کے سامنے کورنش کے انداز میں جھک جائے۔ مگر وہ ایسا نہ کر سکا، اس کے بدن کا ایک ایک عضو ٹوٹ رہا تھا۔ اسے محسوس ہوا کہ جسم جگہ جگہ سے شکستہ ہو چکا ہے۔ زندگی کے پینسٹھویں سال ہی میں اس کا بدن اس کا ساتھ چھوڑنے پر تُلا بیٹھا تھا۔ اس نے کوشش کر کے منہ پر ہاتھ پھیرا تو جھریاں اس کے ہاتھ کی پوروں میں الجھنے لگیں۔

پچھلے دو تین سال کے عرصے میں بدیسی سرکار نے اس سے اپنی مہربانیوں کا ہاتھ کھینچ لیا تھا۔ گیارہ سال پہلے بھی بدیسی حکم رانوں پر اس کی نوازشوں کا کیا صلہ ملا تھا جو اُس کے لیے باعثِ فخر ہوتا۔ کہاں شیر میسور کا وزیرِ مالیات اور کہاں پانچ سالہ بچے کا ماتحت اور دیوان۔۔۔ اور بخشیش میں حاصل ہونے والی یہ زندان نما کوٹھی۔۔۔ سلطانی ادب آداب سے محروم۔۔۔ اس کی ذاتی شان و شکوہ سے یک سر عاری۔۔۔ پھر انگریزوں کی عمل داری میں اس کے محدود اختیارات۔ ایک ننگِ خاندان کو وزیرِ مالیات کے عہدے تک ترقی دینے والی سلطانی نوازشات اور بدیسی حکمرانوں کی بخشیش کا تقابل اس کے لیے سوہانِ روح بنتا جا رہا تھا۔ سوچ سوچ کر اُس کا دماغ شل ہونے لگتا تھا۔ اس کیفیت سے نکلنے کے لیے وہ خود کو مجرم قرار دینے کے بجائے دل کو تشفی دینے لگتا کہ اس نے جو کچھ بھی کیا ہے، اپنے ہم مذہبوں کے فائدے کے لیے کیا ہے، مگر یہ تشفی بھی اس کے دل کے لیے تسکین کا باعث نہ بن سکی۔ اسے یوں لگا جیسے اُس کے اندر پچھتاوے نے اپنے قدم گاڑ لیے ہیں۔ اس کا جسم روز بہ روز اس غم میں گھلتا جا رہا تھا۔

رات کی تاریکی بڑھتی جا رہی تھی اور اس کا ذہن جو سوچتے سوچتے اچانک منجمد ہونے لگتا تھا، جب جاگتا تو کمرے کی مغربی کھڑکی کی طرف منتقل ہونے لگتا۔ اس نے دردناک انداز میں پہلو بدلا اور مغربی کھڑکی کے اس پٹ کو دیکھنے لگا جہاں سے شیشہ ٹوٹا تھا۔ یہ پٹ اسے آسیب کی طرح دکھائی دے رہا تھا۔ دسمبر کی سرد رات تھی اور گاہے گاہے سرد ہوا کا تیز جھونکا اس کے بدن کو مزید سرد کر جاتا تھا۔ اس کا جی چاہا کہ بدن پر لحاف دوہرا کر کے اوڑھ لے، مگر اس کے بدن میں اتنی طاقت نہیں تھی کہ لحاف کو ذرا بھی حرکت دے سکے۔ اس نے قدرے زور سے پکارا "رام داس" مگر آواز کھرکھراہٹ کے انداز میں اس کے گلے میں پھنس کر رہ گئی۔ شاید وہ پھر غلط نام سے پکار رہا تھا۔ اس نے

سوچا، "اب کیا کہے؟ رام داس یا خداداد"۔۔۔ مگر خداداد کے نام سے پکارنا اُسے برا سالگ رہا تھا، کیوں کہ اس نام کے ساتھ ہی اس کا ماضی جاگ اُٹھتا تھا۔ وہ ماضی جو کبھی اُس کا تھا، اور اب۔۔۔ اس کے حال پر مغربی کھڑکی کے ٹوٹے ہوئے پٹ کا آسیب سوار تھا۔

صبح یہ شیشہ پوری طرح موجود تھا۔ اگرچہ اس میں ذرا سی دراڑ تھی مگر ایسا نہ تھا کہ یہ خود بخود ٹوٹ کر گر جائے گا۔

"شاید کسی بچے کی شرارت تھی"۔ وہ پھر بڑبڑایا: "بچے!۔۔۔ اب تو وہ خود بھی ایک رینگتے بچے کی طرح ہے جو اپنا بوجھ بھی نہیں اُٹھا سکتا۔ ضرور کسی آسیب نے اس پر اپنا پنجہ مارا ہے۔ مگر یہ آسیب کیا ہے؟" وہ سوچنے لگا۔ "کارنوالس یا ولزلی کا بھوت تو نہیں ہو سکتا۔ اُن کی طرف تو اس نے دوستی کا ہاتھ بڑھایا تھا۔ مگر یہ دوستی اس نے کیوں کی؟۔۔۔ اپنے حال کو مزید تاب ناک کرنے کے لیے؟" خود سے کیے ہوئے اس سوال پر اس کا ذہن ماؤف سا ہونے لگا۔ "نہیں، ایسا نہیں تھا۔ وہ تو ہندو راج کی بقا چاہتا تھا۔۔۔ نہیں، شاید یہ بھی نہیں۔ ہندو کی بقا تو سلطان کے دم قدم سے قائم تھی۔ اس کے ہم مذہب ہندو، جنھیں تمام ایسی مراعات حاصل تھیں جو ہندو راج میں بھی نہ ہو سکتی تھیں۔ پھر۔۔۔ وہ کیا وجہ تھی جس کے لیے اس نے سلطان سے نمک حرامی کی۔۔۔ کیا وجہ تھی؟"۔۔۔ اس کا ذہن اس تکرار میں الجھنے لگا تو اس نے پوری کوشش کرکے "رام داس، رام داس" کی رٹ لگانی شروع کر دی۔

جواب میں پھر وہی طویل خاموشی۔ اسے یوں محسوس ہوا جیسے مغربی کھڑکی سے تاریکی اپنے بھیانک انداز میں اس پر حملہ آور ہو رہی ہے۔

سوچتے سوچتے پھر اس کا دماغ شل ہونے لگا۔۔۔ وہ اپنے آپ کو سنبھالا دینے کی کوشش کرنے لگا مگر دماغ رہ رہ کر ماضی کی کٹھنائیوں میں الجھنے لگتا تھا۔ اس نے بارہا ذہن

کو جھٹکنے کی کوشش کی۔ وہ کچھ دیر کے لیے سونا چاہتا تھا تا کہ دماغ کو کچھ سکون مل سکے لیکن اُسے کامیابی نہیں ہو رہی تھی۔ آج لگتا تھا جیسے اس کے سارے زخم کھل گئے ہیں اور خون مسلسل اس کی رگوں سے باہر آنے پر تلا بیٹھا ہے۔ "اچھا ہے"۔۔۔ اس نے سوچا۔۔۔ "آج یہ سارا گندا خون اس کی رگوں سے بہہ جائے تو اچھا ہے۔"

اسے رہ رہ کر ترمل راؤ پر تاؤ آ رہا تھا۔ "کاش ترمل راؤ اس کے سامنے آ جائے تو اس کی ہڈیاں پیس کر سُرمہ بنا ڈالے۔ لعنت ہو ترمل راؤ پر، جس نے اُسے اس حال تک پہنچا دیا۔۔۔ ترمل راؤ ہی نے اُسے یہ راستہ دکھایا تھا۔ میسور کی معزول مہارانی کی معمولی سی خواہش پر اس نے اپنا تن من دھن، سب کچھ لٹا دیا۔ خود کو بدیسی لٹیروں کے رحم و کرم پر چھوڑ دیا۔ کاش بدیسی لٹیرے اس ملک میں نہ آتے۔ کتنی عزت ملتی تھی اُسے سلطان کے دربار میں، جب وہ کورنش بجالاتا تھا۔۔۔ مگر نہیں"۔۔۔ اس نے اپنے احساس میں ترمیم کی۔ "سارا قصور ترمل راؤ کا نہیں۔ اسے سلطانی آداب میں اپنے مذہب کی تحقیر بھی محسوس ہوتی تھی۔ یہ احساس اس کے اندر روز بہ روز بڑھتا جا رہا تھا اور پھر ناسور بن گیا تھا۔ وہ سلطان کی عظمت کا خاتمہ چاہتا تھا۔ اس کے لیے وہ کسی مناسب موقعے کی تاڑ میں تھا۔۔۔ اور پھر ایک دن اسے یہ سنہری موقع ہاتھ آ ہی گیا۔ اس نے سلطان اور فرانسیسیوں کے درمیان ہونے والے فوجی معاہدہ کی نقل ترمل راؤ کو پہنچا دی اور ترمل راؤ نے معزول رانی کے ایما پر بدیسی لٹیروں کے فوجی سالار جنرل ہارس کو پہنچا دی۔ یہ جرم اُس سے یوں ہی سرزد نہیں ہوا تھا۔ وہ ایسا کرنے پر مجبور تھا۔ رنگا سوامی مندر کی گھنٹیوں کی آواز ہر وقت اس کے کانوں میں گونجتی رہتی تھی۔"

ذرا سی دیر میں ترمل راؤ پر اُس کا تاؤ کم ہو گیا۔ "اس کو کیا ملا، اس سے تو بدیسی لٹیروں نے صرف وعدے ہی کیے تھے۔ دیوان کا عہدہ تو خود اسے ملا تھا، ترمل راؤ بے

چارہ ابھی تک مدراس کی خاک چاٹتا پھر رہا ہے۔ سلطان کے خلاف سازش میں شریک ہو کر اس نے معزول رانی کے خوابوں کی تعبیر کی کوشش کی تھی۔۔۔ مگر یہ تعبیر کیا تھی۔۔۔ پانچ سالہ مہاراج اور حکم بدیسی لٹیروں کا۔ رانی تو بس دانت پیستی رہ گئی تھی۔"

اس نے مغربی کھڑکی کو پھر غور سے دیکھا۔ رات کے اندھیرے میں باہر سے سرد ہوا کا کوئی نہ کوئی جھونکا کمرے میں داخل ہو جاتا تھا جو اس کے نحیف و ناتواں بدن کو لحاف اوڑھنے کے باوجود اُس کی دُکھتی رگوں کو چیر جاتا تھا۔ اس کے ساتھ ہی اس کے ضمیر کا بوجھ اُسے ایک پل بھی چین نہیں لینے دے رہا تھا۔ کرب انگیز سوچ کے سفر میں نہ جانے کتنی رات بیت گئی، اسے احساس ہی نہ ہو سکا۔ کہیں دُور سے موذن کی آواز اس کے کانوں میں پڑی۔ وہ اس آواز کو غور سے سننے لگا۔ سنتے سنتے اس کی آنکھیں بند ہونے لگیں اور اسے ایسے لگا جیسے کسی گہری وادی میں نیچے ہی نیچے اترتا جا رہا ہے۔ اچانک اس کے قدم زمین کو چھونے لگے۔ اس نے سامنے نظر دوڑائی تو دیکھا کہ سلطان ہاتھ میں تلوار لیے اس کے سامنے کھڑا ہے۔ وہ گھبرا کر جلدی سے پیچھے مڑا۔ سلطان پھر اس کے سامنے آ کھڑا ہوا۔ تلوار ہاتھ میں ہے مگر ہونٹوں پر ایمان افروز مسکراہٹ ہے۔ مسکراہٹ دیکھ کر اس کا خوف ذرا کم ہوا تو وہ سلطان کے سامنے کورنش کے انداز میں جھک گیا۔

"پورنیا۔۔۔!" سلطان کی آواز آئی۔

"پورنیا حاضر ہے سلطان!" اس نے خود کو مجتمع کرتے ہوئے کہا۔

"ولزلی سے کہنا، اب ہندوستان تمھارا ہے۔۔۔ نہ ہندو کا، نہ مسلمان کا۔۔۔ یہاں ڈیڑھ سو سال تک صرف انگریز کا راج ہو گا۔"

اس نے دیکھا، سلطان کے ہونٹوں پر وہی مسکراہٹ تھی۔ کچھ توقف کے بعد سلطان کی آواز پھر اس کے کانوں میں گونجی۔ "ڈیڑھ سو سال کے بعد انگریز ہندوستان

چھوڑ کر خود چلا جائے گا۔ جانتے ہو کیسے ؟" سلطان نے مسکراتے ہوئے سوال کیا۔

"ک ک۔۔۔ کے۔۔۔ سے ؟" اس نے ہکلاتے ہوئے پوچھا۔

"ہندوستان اپنے غداروں کو پہچان لے گا۔"

اُسے ایسے لگا جیسے سلطان کی آواز پوری وادی میں گونج رہی ہے۔ شرم سے اُس کی گردن جھک گئی۔ مشکل سے اُس نے سر اُٹھا کر سامنے دیکھا۔ سلطان شمشیر بدست فضاؤں میں پرواز کر رہا تھا اور چاروں طرف ایک ہی آواز تھی:۔۔۔ "ہندوستان اپنے غداروں کو پہچان لے گا۔"

یہ منظر دیکھ کر خوف سے اُس کا بدن لرزنے لگا۔

"پورنیا!" وہ گھبراہٹ کے انداز میں زور سے چیخا۔

"جی سرکار!" پورنیا ہاتھ باندھے سامنے آ کھڑا ہوا۔

"ہمیں بتاؤ! ہم نے سلطان سے نمک حرامی کیوں کی ؟"

"جی سرکار!۔۔۔"

"کیا جی سرکار ؟۔۔۔ ہمیں بتاؤ، سلطان ہم سے خفا کیوں ہے ؟"

"جی سرکار! جان کی امان پاؤں تو عرض کرتا ہوں۔" پورنیا تھرتھراتے لہجے میں گویا ہوا:

"ہاں ہاں! بتاؤ۔۔۔ سچ سچ بتانا!"

"جی سرکار! سچ بتاؤں گا؟" پورنیا گڑگڑایا۔ "اگر جان کی امان پاؤں تو۔۔۔"

"امان دی جاتی ہے۔"

"جی سرکار!"

"پھر وہی جی سرکار! جلدی کہو۔"

"سرکار! یہ مغربی دریچہ آپ دیکھ رہے ہیں؟"

بستر پر پڑے ہوئے اس نے شدتِ کرب سے آنکھیں مغربی دریچے پر گاڑ دیں۔

"ہاں! پوری طرح دیکھ رہا ہوں۔"

"سرکار! مگر آپ وہ نہیں دیکھ رہے جو میں دیکھ رہا ہوں۔"

"تم کیا دیکھ رہے ہو؟" وہ بستر پر پڑے پڑے چلانے کے انداز میں گویا ہوا۔

"سرکار! اس دریچے کا ایک پٹ ٹوٹ گیا ہے، اور اب دوسرا پٹ بھی پوری طرح کھلنے والا ہے۔"

"مگر یہ کیسے کھلے گا، جب تک کوئی اسے نہ کھولے؟"

"سرکار! پھر وہی جان کی امان ہو تو عرض کروں؟"

"کہو کہو! پہیلیاں نہ بجھواؤ۔" وہ قدرے نرم انداز میں بولا۔

"سرکار! آپ جیسے اور بھی نمک حرام ابھی موجود ہیں۔"

"پورنیا!" وہ زور سے چیخا۔ اور پورنیا کا ہیولا اس کے سامنے سے غائب ہو گیا۔

اسے یوں محسوس ہوا جیسے اچانک اس کا جسم کسی نے پھر گہرے پاتال میں پھینک دیا ہے اور وہ مسلسل ڈبکیاں کھاتے ہوئے نیچے سے نیچے گرتا چلا جا رہا ہے۔

کتنی ہی دیر وہ اسی حالت میں رہا۔ اسے ہوش آیا تو اس کا پورا جسم شدتِ کرب سے لرز رہا تھا۔ اس نے اپنے آس پاس دیکھنے کی کوشش کی تو اسے معلوم ہوا، وہ بستر سے نیچے پڑا ہے اور اس کا داہنا ہاتھ خون سے لت پت ہے۔ اس نے ہاتھ کو جنبش دی اور پوری قوت کے ساتھ اپنے داہنے پہلو کے ساتھ ٹکا دیا۔ خون مسلسل بہہ رہا تھا۔ کچھ وقت یوں ہی گزر گیا تو اس نے ہمت کر کے اپنے جسم کو حرکت دی، پھر بائیں طرف کروٹ لے کر خون آلود ہاتھ کو بستر پر ٹکایا اور زور لگا کر اپنے آپ کو بستر پر گرا دیا۔ اتنی کوشش میں اس

کا سانس تیز تیز چلنے لگا تھا۔ کچھ دیر اس نے سانس بحال کیا اور پاؤں جو ابھی تک زمین پر ٹکے ہوئے تھے، ان پر زور ڈال کر کھڑا ہونے کی کوشش کی مگر سوزشِ پا کی وجہ سے وہ کھڑا نہ ہو سکا اور دھم سے پیچھے بستر پر گر گیا۔ اسے ایسے لگا جیسے اس کا سانس اکھڑنے کو ہے۔ وہ بستر پر یوں ہی پڑا رہا۔ پھر اس نے آنکھیں گھمائیں تو دیکھا کہ بستر بھی کئی جگہ سے خون آلود ہو گیا ہے۔ سرخ سرخ خون بستر پر پھیلے دیکھ کر اُس کی وحشت جاگ اٹھی۔ سوزشِ پا کے باوجود وہ دیوانگی کے عالم میں اُٹھا، پھر لڑکھڑا کر نیچے فرش پر بچھے قالین پر گر گیا۔ اس تگ و دَو میں خون تیزی سے اس کے ہاتھ سے بہتا ہوا قالین پر ٹپکنے لگا۔ قالین میں جذب ہوتا خون دیکھ کر اُس کی وحشت مزید بڑھ گئی۔ اسے محسوس ہوا کہ قالین سے آگ اُگلنے لگی ہے۔ وہ دیوانوں کی طرح چیخنے لگا۔

"پورنیا، پورنیا۔۔۔ نمک حرام۔۔۔ ہندوستان کی سرزمین کو ناپاک کرنے والے پورنیا! کہاں ہو تم؟ سامنے آؤ۔ دیکھو ہندوستان کی سرزمین مغربی دریچے کی وجہ سے خون آلود ہو چکی ہے۔۔۔ اور آگ سارے ہندوستان میں پھیلتی جا رہی ہے" وہ مسلسل چیختا چلا گیا۔ "میر۔۔۔ میر۔۔۔ ہاں ہاں وہ کذاب، نام کا صادق، تم سے کم نہیں تھا۔۔۔ اور تم۔۔۔ تم اُس سے کم نہیں تھے۔ تم دونوں اور تمھارے ساتھیوں نے درویش صفت سلطان، رحم دل سلطان، محبِ وطن سلطان سے غداری کی اور اپنا منہ کالا کیا۔"

اس کی وحشت بڑھتی جا رہی تھی۔ وہ زور سے اپنا سینہ پیٹنے لگا۔ "آؤ دیکھو خداداد! ۔۔۔ سلطنتِ خداداد کو مٹانے والا آج کس حال میں ہے۔ سلطان نے ٹھیک ہی کہا تھا۔۔۔ لوگ بدی کا کام ہنستے ہوئے کرتے ہیں لیکن خمیازہ روتے ہوئے بھگتیں گے۔ اور میں۔۔۔ میں یہ خمیازہ بھگت چکا ہوں۔۔۔ نہیں۔۔۔ نہیں!" وہ چیخا، "سلطان کی روح۔۔۔ نہیں۔۔۔ ہندوستان کی روح مجھے کہیں بھی چین نہیں لینے دے گی۔"

یوں لگ رہا تھا کہ اس کی آواز آسمان کا سینہ چیر دے گی۔

اچانک دروازہ کھلا اور تیزی سے ایک شخص اندر داخل ہوا۔ وہ پہلے ہی گھبرایا ہوا تھا۔ اس کی وحشت آمیز حالت کو دیکھ کر وہ مزید گھبرا گیا۔

"دیکھو رام داس۔۔۔ دیکھو خداداد!۔۔۔ ہندوستان کی سرزمین خوں آلود ہے، اور یہ خون۔۔۔ میرے اور میرے جیسے غداروں نے بہایا ہے۔ یہ خون زندہ رہے گا مگر ہمارے جسموں کو نرک کی آگ بھی پوتر نہیں کر سکتی۔۔۔ خدا داد۔۔۔ خدا۔۔۔ دا۔۔۔" اس کی آواز مدھم ہو گئی اور بستر پر اس کا جسم ڈھیر ہو گیا۔

"پورنیا جی!" خدا داد نے اُسے پکارا۔ پھر اپنا ہاتھ اس کی نبض پر رکھ کر اُس کے چہرے کی جانب دیکھا۔ نبض سرد تھی اور اُس کی دونوں آنکھیں پتھر ہو چکی تھیں۔

Ref.: caarwan.com

***

سزاوار

ساجد ہدایت

وہ آج بھی ہمیشہ کی طرح بہت مقدس نظر آرہا تھا۔۔۔ چمکتے چہرے اور گہری اداس آنکھوں کے ساتھ ایک مکمل متاثر کرنے والی تصویر سا۔۔زاویوں میں منقسم اجلے راستوں کی طرح سا۔۔۔ اس نے بیٹھتے ہی سب پر ایک اچٹتی ہوئی نظر ڈالی اور بغیر کوئی تمہید باندھے اپنی بات شروع کر دی!!!

"جو ہاتھ اپنی ہی صلیب اٹھائے ہوئے ہوں۔۔۔ تو وہ کسی کا ہاتھ کیا تھامیں گے۔۔ جو آنکھیں اپنا پہلوٹھی کا خواب مرتا دیکھ لیتی ہیں، حیرت سے منجمد ہو کر بے خواب ہو جاتی ہیں۔۔۔۔ خواب آنکھوں کے سہاگ ہوتے ہیں، خواب مر جائیں تو آنکھیں بیوہ ہو جاتی ہیں۔۔۔ اور بیواؤں کے گھر شہنائی نہیں بجا کرتی، بس مردہ خوابوں، تشنہ ادھوری خواہشوں کا ماتم ہوتا ہے۔ ایسی بیوہ آنکھوں کو احساس سے دیکھنے پر ان میں کہیں گہرائی میں بس راکھ اڑتی دکھائی دیتی ہے"

احسن بے چینی سے بولا۔۔۔۔" مگر جناب جب منجمد آنکھیں پگھلتی ہیں تب پاگلوں سا برستی بھی تو ہیں۔۔۔ اور وہ آنسو اپنے ساتھ سب مردہ خوابوں، ناکام حسرتوں کی باقیات کو بہالے جاتے ہیں اور روح میں نئی امید کا بیج بو دیتے ہیں۔۔۔ ان آنسوؤں کا کوئی

رنگ نہیں ہوتا، پر ان کا رنگ ارد گرد کی ہر شے میں محسوس تو ہوتا ہے۔۔۔۔ اور صلیب کی مشقت میں مبتلا ہاتھ دعا کے لیے اٹھتے ہیں۔۔۔ سوالی تو ہوتے ہی ہیں ؟؟؟؟"

اس نے گہری نظروں سے احسن کے ساتھ جڑ کر بیٹھی ہوئی لڑکی کو دیکھا اور اسے مخاطب کرتے ہوئے پوچھا۔۔۔ "پنکی۔۔۔ کیا تم نے کبھی اکیلے ہو جانے کا دکھ محسوس کیا ہے، بالکل اکیلے ہو جانے کا؟؟؟۔۔۔۔۔۔ کبھی اپنی نظروں سے گری ہو کہ جب تمھیں علم ہوا ہو کہ تمھاری حیثیت ان اشیاء سے متعین ہو گی جو آسائش کہلاتی ہیں۔۔ جب کہ تم جانتی بھی ہو کہ آسائشوں کی صلیب لا محدود ہے۔۔۔ ؟؟؟؟"

پنکی نے کوئی جواب نہیں دیا۔۔ بس منجمد آنکھوں سے اسے ایسے دیکھتی رہی جیسے وہ اپنے اندر سے اٹھتی نیلی لپٹوں سے احسن کے خواب کو بچانے کی کوشش میں آخری حد تک مصروف ہو!!!!

وہ اس کی نگاہوں میں سے یک لخت گزر گیا۔۔ خود کو سمیٹتے ہوئے گفتگو میں واپس آگیا اور احسن کو مخاطب کرتے ہوئے بولا۔۔۔" رہی بات امیدوں کی تو۔۔۔ یہاں بھی ایک تماشہ ہی ہے، شوہر بیوی، محبوب محبوبہ، گناہ ثواب، جنت دوزخ کا۔۔۔ ایک طرفہ تماشہ۔۔۔ اور یہ تماشہ ہر گھر میں ہو رہا ہے۔۔۔ اپنے اپنے گھروں میں ہی دیکھ لو۔۔۔۔ اور تمھیں ہر گھر سے ایک مخصوص بو آئے گی۔۔۔ جوان جوڑے کے گھر سے اجلے کفن میں ملبوس پھول اوڑھے تازہ میت کی اور بوڑھے جوڑے کے گھر سے مقبروں جیسی۔۔۔ لاشوں اور مقبروں کی دعائیں بے معنی ہوتی ہیں۔"

اس نے جیب سے سگریٹ کی ڈبیا نکالی، ماچس کی تیلی جلائی اور پھر کچھ سوچ کر اسے پھونک مار کر بجھا دیا۔۔۔ اور ایک مختصر سے خاموشی کے وقفے کے بعد بولا۔۔۔ "تم

سب کبھی اپنے باپ سے پوچھنا کہ اس نے تمھاری ماں سے شادی کیوں کی؟؟؟؟۔۔۔۔۔۔۔اور پھر اپنی ماں سے بھی یہ ہی سوال کرنا۔۔۔۔دونوں تمھیں ایک سا جواب نہیں دے پائیں گے۔۔۔۔یہ "ابہام" وہ ہی ہے جو پہلوٹھی کے خواب کے مرنے کے بعد محض ہونے کی صلیب اٹھا لینے کا نتیجہ ہے۔۔۔غور کرنے پر تم جان جاؤ گے کہ تمام تر منافقتوں کے ساتھ یوں ساتھ رہنے کی ان کے پاس کوئی وجہ نہیں۔۔۔وہ مجبوری مذہبی، معاشرتی سے زیادہ "جبلی" ہے۔۔۔پر وہ اسے کچھ اور کا اور بیان کریں گے۔۔۔اور تم میں سے جو محبت کرنے والے جوڑے کی اولاد ہیں وہ بھی "ناحاصل" منزل کے پڑاؤ ہیں۔۔ہاں بس پڑاؤ۔۔۔ان لمحوں کی پیداوار ہیں جب آپ کے والدین نے ایک دوسرے کے جسم کو منزل سمجھ لیا تھا۔۔۔یعنی انھوں نے ایک سمجھوتہ کر کے الوہی سوچ سے ناتا توڑ لیا۔۔۔اور پھر دوسروں کے دیکھا دیکھی وہ بھی قنوطی ہو گئے۔۔۔سچی روشنی سے الگ ہو کر جانتے بوجھتے ہوئے بھی غبی چکاچوند کے اسیر ہو گئے۔۔۔تب ہی دیکھ لو تمھارے ماں باپ تمھیں ہر اس راستے پر جانے سے روکتے ہیں جو سوچ کی طرف جاتا ہے۔۔۔اسی سوچ کی سولی سے وہ اپنے تئیں بچے تھے مگر مصلوبِ مصلحت ہوئے۔۔۔تب ہی تو تمھیں سرکاری افسر، ڈاکٹر۔ انجینئر اور تاجر تو بنانا چاہتے ہیں لیکن ادیب، شاعر، مصور، صوفی، سالک یا باہوش انسان نہیں۔۔۔۔"

اس نے ایک قہقہہ لگایا۔۔۔اور سگریٹ سلگالی۔۔۔سگریٹ کا ایک گہرا کش لگا کر وہ خود کلامی کے انداز میں بولا۔۔۔"کاش میرے بس میں ہوتا اور میں ان کو سمجھا سکتا کہ تمھاری تلاش جہاں آ کر رک گئی تھی۔۔۔اور جہاں تم "مکمل خود" کو سمجھوتے کے "گٹر" میں پھینک آئے تھے، اس سے چند قدموں کے فاصلے پر ہی اصل زیست موجود

تھی۔۔۔۔ ننگی۔۔ نو مولود۔۔۔ آزمائش کی آلائشوں سے لتھڑی ہوئی۔۔۔ اس کمین زندگی سے بہتر جسے اب تم بے حسی سے گلی گلی، گھر گھر ایک بے رحم لاتعلقی کے ساتھ گھسیٹتے پھر رہے ہو۔ کچھ نہ ہو کر ہونے کے زعم میں مبتلا ہو۔۔۔ اس بات کو نہیں سمجھتے کہ مذہب، سماج اور تعلقات کے بارے میں بولا گیا تمھارا سچ اگلی نسلوں کے لیے سوائے ایک دھوکا کے اور کچھ نہیں ہے۔"

احسن نے افسردہ ہو کر ایک ساتھ کئی سوال کیے۔۔۔ جیسے وہ خود سے ہی پوچھ رہا ہو !!!!

"تو جناب ہم کیا ہیں؟؟؟؟"

"کیوں ہیں؟؟؟؟؟"

"اور ان سے ہی کیوں ہیں؟؟؟؟؟"

اس نے سسکارتے ہوئے لہجے میں جواب دیا۔۔۔۔" میں، تم، ہم سب ایک بے لطف گزرا ہوا وقت ہیں۔۔۔ ایسا وقت جس کو ہمارے بڑوں نے ضائع کیا۔۔۔ تمھیں یہ اپنا مستقبل کہتے ہیں۔۔۔ پر تم ان کا مستقبل نہیں ہو، تم محض "بے ثباتی" ہو کیوں کہ تمھارا کوئی ماضی نہیں۔۔۔ تم ان پر سزا ہو اور "سزاوار" اترے ہو۔۔۔ جیسے ہمارے بڑے اپنے بڑوں پر اترے تھے۔۔۔۔"

اس نے ایک لمبا مجذوبانہ قہقہہ لگایا اور اپنے آنسو پونچھتے ہوئے کہا۔۔۔-" وہ سب سزا سے نہیں بچ سکتے کیوں کہ انھوں نے تلاش اور سوچ سے رشتہ توڑ کر سمجھوتے کا گناہ کیا۔۔۔ محض خود کو زندہ رکھنے کے سمجھوتے کا گناہ۔۔۔ جب کہ اوپر والے نے تو اپنی کئی صلاحیتیں ان میں ڈال کر پھر "کن" پھونکا تھا۔۔۔"

سارے میں ایک خاموش گیان ناچنے لگا۔۔۔ اور بعد کی ساعتوں نے خجالت سے آگہی کو جنم لیتے دیکھا۔۔۔ جس کی گود میں ایک اور نومولود زمانہ ہمک رہا تھا جس کے داہنے ہاتھ کی مٹھی بند تھی۔۔۔

Ref.: caarwan.com

***

منتخب افسانوں کا ایک اور مجموعہ

منتخب اردو افسانے

(حصہ چہارم)

مرتبہ : سید حیدرآبادی

بین الاقوامی ایڈیشن منظر عام پر آچکا ہے